Joey ful Joey

快樂

豚長

旅獨遊記

CONTENTS

Chapter 1 關於「Joeyful Joey 豚長」

Chapter 2 豚長奮鬥史

作者序
快樂地做喜歡的事

當自己真爽！

上班的我　VS　拍片的我

　　我花了 32 年學習當一個正常的人，在「正確的路上」成為一個「成功的人」。32 歲，我決定重新開始，把以往的價值通通拋走，當不正常的人，走不平常的路。

　　在 2022 年 4 月剛從 COVID 康復後，我辭職了，帶著 6 萬元，去歐洲展開一場沒有限期的旅行。在離職之前，我拍了 YouTube 影片兩年，所以也不是一無所有地出發，我帶著一樣我想把所有時間努力經營的 YouTube 頻道「Joeyful Joey 豚長」。

　　從小我都把自己定義為異類，尤其是我的身形讓我常常成為跟別人

不太一樣的人，買校服要訂造、坐的士一定坐前座，去水上樂園會因體重限制被拒。在工作上，我也總是不太順利，好像遇到每份工作都總是不太適合，每一日都想著甚麼時候離職。我花了很大的力氣想變成正常人，努力減肥回到體重正常水平、不想工作也咬牙忍過去……偶爾會有朋友會問題：「你甚麼時候定性啊？好好找個男朋友結婚，30 歲前生兒育女，找份安定的工作，存錢買樓吧。有了錢，再去過你想過的生活。」

難道我沒有嗎？我很努力地嘗試著！

可惜偏偏每件事都在我身上不太正常地發生。因此，3 年前我做了一個決定，好吧！我就是一個不正常的人……不對，是獨特的人，我要好好捉緊這個獨特性，去走我想走的路。開始的頭兩年，我還是默默地在掙扎，放不下以往的生活方式，還是覺得 30 歲要結婚、沒有儲蓄很沒安全感、要在一份工作待 3 年、4 年、5 年，拿到更多薪水去過更好得生活，甚至我有想過，不如去做政府工吧，應該會比較安逸？

就在不斷掙扎的期間，一場疫情不斷給我提醒：任何你擁有的都不是理所當然。我捉緊這個提醒，踏出第一步，建立只屬於我的路，展開我的快樂旅途。

曾經有觀眾說她最喜歡在早上預備上班時看我的影片，每次聽到我都很開心，因為我總會嚴選開啟新一天的第一條影片，希望是令我心情平靜、舒服的、快樂的，為我一整天帶來滿滿的力量。

這是我的第一本書，希望當你想得到一點溫暖或安慰時，你會想起這本書。

復「活」比復常更精彩

自從不用戴口罩，大家都說是開始踏上復常之路；不過，何謂「常」？什麼是「正常」？

經歷過三年的 Covid，病毒也曾變種，老友記亦學會用 zoom 見孫仔，進化成嫲嫲 2.0；又，不少大公司都不回頭繼續鼓勵員工 Home office，既然生產力沒減卻省租金，何必回復以前的不必要。

Covid 正正就是迫出了不少習以為「常」以外的可能性。

我認識豚長就是因為 Covid，疫情下沒有旅遊，我亦不能夠「正常」地做我「行常」逢星期六的電台旅遊節目？於是我想出了「西加航空海外分部」的環節，招攬正在海外的 903 聽眾，實時分享他們身處地方的市況／民情／風景／新鮮事，聽咗當去咗；而豚長就是我在 YouTube 看到的一個「不正常」，竟然在人人怕失業的疫情下裸辭，飛了出去！一切就由不能正常開始。

離開了正常的朝九晚七 OL 生活，豚長開始了自己人生旅程的另一頁，看她的片／文字，看到的並不只是她的快樂旅途日誌，更是她的勇氣與對得起自己的努力；今天，豚長活出了真正的自己，無比快樂；復「活」比復常更興高采烈，I m so proud of u🐾

叱咤 903 DJ
謝茜嘉

我在她身上感受到旅行的喜悅

　　第一次接觸豚長的影片是住隔離酒店的時候。那時候因在酒店，看 YouTube 打發時間，見到首頁有條推介的影片標題是「香港人在西班牙，一個人的生活」，吸引了我按進去看。

「大家好，我係豚長 Joey，多謝你又來探我啦～」

　　充滿朝氣的開場白，讓我覺得這個女仔好開朗。從她活潑的笑聲同表情，感受到她對於旅行的喜悅。

　　她還學了西班牙文，可以和當地人溝通，心裡不禁佩服，一邊看影片又知道她是辭職去外國旅居，去外國旅居也是我一直好想做的事情！可惜我沒有這份勇氣，但這個女仔敢！

　　除了旅行片之外，我也很喜歡睇豚長的療天室系列。豚長訴說自己的心事，好像真的和我交心，我覺得我和豚長很相似，小時候因為肥而自信心低落，很介意別人的眼光，同時又有會思考人生，有很多想做的事情，但又有很多現實的考慮。我對於豚長的想法很有共鳴，因此愈來愈喜歡這個女仔，不知不覺成為豚長的忠實粉絲！

　　最後恭喜豚長出第一本書！這本書記錄了很多豚長影片後的幕後故事，相信豚友們一定會很喜歡，第一次接觸的人也會愛上這位開心果！感謝豚長帶歡樂給我們，希望豚長繼續帶豚友們遊世界！

網絡漫畫家兼豚友　大 Y
instagram@bigycomic

真誠地分享 豁達地活著

　　記得第一次認識豚長，是她在 IG Story 分享了我的插畫，我好奇點進了她的 IG，一看才知她是一個人氣 YouTuber！那時的我受寵若驚，暗暗歡喜！之後偶爾在社交平台看見她鬼馬生動的貼文或影片，都會暗生羨慕：「我也好想像她活得這麼自在啊！」

　　直至最近收到她的邀請，替她的新書寫序，我又再一次驚喜，深感榮幸！跟她聯繫不算多，但已隱若感受到她的友善和謙和。我慶幸可以看到這本書，認識這個女生更多。

　　豚長的旅遊方式和她的人生一樣，不追名逐利，不跑景點，只追求她自己定義的好玩、快樂和意義。而這本書記載的不是每天精彩快樂的旅遊片段，也未必有最佳的旅遊名勝，卻真實地記載了一個女生在旅途中遇見的大小事，有遇上溫暖好玩的人，也有辱罵她的壞蛋，有讓她感動流淚的美景美食，也有平凡買菜做飯躲在旅館剪片的日常，和整天沒人和她聊天的孤單......這大概就是豚長的魅力所在，她能夠撇棄一般人對事物的固有想法和期望，遵從自己的心遊走人間，坦然把最真實的自己呈現人前，並從最平凡的細節中細味咀嚼、反思。

　　閱覽着豚長的成長，她經歷了掙扎，跨越了自己，做了一個又一個勇敢的選擇，今天能夠真誠地分享，從容豁達地活著，真的不容易！相信每一個用心生活的人，都會從中得到一點共鳴和力量。

插畫家 小半
instagram@littlehalf602

快樂，等你去探索

　　看完一遍豚長 Joey 的《快樂豚長旅獨遊記》就好像跟她一起去了幾個地方旅行！最重要的是，整個由零開始鼓起勇氣當 YouTuber 的心路歷程都跟我很相似！充滿活力和熱誠去做自己喜歡的事，拍影片紀錄旅行中的點滴和心情再跟觀眾分享，還起了治癒人心的作用，同是作為創作者的我，真的替妳感到高興及幸福！

Ruby :D
YouTube Channel：
Ruby 餅神の賭命日常

　　和 Joey 為什麼會混熟呢？在這個 YouTube 殘酷的世界會告訴你其他創作者都是競爭對手，但是！我倆必須要為我們的無私感到驕傲！哈哈！記得第一次展開對話就是我不恥下問豚長關於廣告贊助的問題，是金錢啊！她竟然二話不說就教我怎樣去聯絡！第二次是我看到豚長為打字幕這件事困擾到要出一個限時動態，我看到就立馬介紹一個省時的小工具給她。就這兩件小事，確認了大家都是能當上朋友的 YouTuber 了！人與人之間的關係，不用想得太複雜，回到起點，做最純粹的自己吧，自然會吸引到喜歡你的，你喜歡的人！

　　這本書，除了帶你們走了倫敦、南法、西班牙等等的地方旅行之外，就是提醒你們要去找尋屬於你的「快樂」。每個人想找的「快樂」都不同，可能是看喜劇大笑一場、可能是帶家人去遊客景點拍那些沒有美感但是流露單純快樂的全家幅、也可能是跟豚長一樣用六萬元勇敢地展開一趟沒有終點的旅程、或者是跟我 Ruby 一樣拍美容相關的影片可以幫助到很多人這樣哈哈。

　　快樂，就是你一直做自己喜歡的事，不存在比較的，背後隱藏了你的故事、動機、啟發。希望豚長 Joey 的讀者們，可以一邊看著她的歷險記，一邊去啟發你去尋找屬於你獨一無二的快樂！而作為分享者的我們，時刻提醒自己及對方勿忘初衷，保持當天只有一百個訂閱時仍埋頭苦幹的熱誠，不論作品好醜仍要硬著頭皮出影片的傻勁，做著自己喜歡的事，堅持下去！一起努力衝破十萬訂閱！

ayuk
YouTube Channel : A YUK

有目標的努力叫奮鬥

大家好我是 ayuk，跟 Joey 一樣，也是一位 YouTuber。

與 Joey 的相識緣自於 Instagram，某一天發現被一位女生追蹤，頭像裡的她笑容非常燦爛，感覺充滿陽光氣息。我點進去看看她的頁面，咦...原來是同行？當然要試探一下軍情...不是，行情才對。結果看完一條影片後就停不下來...

真誠的性格，魔性的笑聲，可愛的食相，獨遊時不同有趣的經歷，就這樣不知不覺看了整晚『豚長帶團』。那天起除了成為 YouTube『豚長帶團』的豚友外，我還很愛追看 Joey 在 Instagram 的 # 豚長的旅遊日記，每次發文分享旅程裏的大小趣事，我都總是帶着姨母般的微笑看完...心想這些文章值得溫暖更加多人！

終於有一天 Joey 跟我分享準備出新書，我的第一反應是「哎喲，我的眼光真不錯嘖～」接著 Joey 竟然邀請我幫忙寫推薦序，我的反應是：什麼？？？然後回覆：你的眼光也不錯...思考了幾分鐘，雖然我也算是半個旅遊博主，但文筆上何德何能為別人的新書寫序，獻醜不如藏拙，掙扎着要不要婉拒 Joey 的好意時，又想到作為忠實的『豚友』，見證着豚長敢於裸辭，跳出舒適圈獨自一人去旅遊追逐夢想，激發到我也要為人生創造不同的挑戰！

沒有目標的努力叫做忙碌，有目標的努力才叫做奮鬥。欣賞豚長這位「無膽鬼」為夢想出發！

《快樂豚長旅獨遊記》裡的人物和事情發生的描述，爆笑之餘又感動人心，亦令你從書中領悟到人生可以變化萬千，不止於一種生活方式。書中我最喜歡的一篇 - 西班牙退休旅行團；學會用美好的一面去對待世界，你就能發現世間上所有的美好。欣賞豚長在旅途中不斷與自己的對話，從而了解，接納自己的不完美，然後不停進步，重新找回自信。真正的成長不是優於別人，而是優於過去的自己。希望各位豚友們也能像豚長一樣，懷着感恩的心看待世界，好好感受每天各種細小的快樂，絕對會令你在枯燥的生活中重新找回人生值得的價值。

到哪裡都能發光

　　得知我的好朋友 Joey 要出書，我感到無比興奮，亦十分榮幸能夠寫這本書的序言。我和 Joey 是在大學時期認識的，Joey 在我心目中一直是一位充滿熱情、勇敢和堅韌的人。但同時她亦有缺乏自信並且對自己生活感到迷失的一面。還記得當年畢業後，我倆事業不得志，看著身邊的同學們都上了軌道，感到迷惘和無助。相約在荃灣海傍喝酒談天，最後落泊的結局還遇到過街老鼠來「贈興」。我倆如今見面還常常提起當日鬱鬱不歡的狀態。時至今日，她已經成為一個備受矚目的 YouTuber，看到她找到了自己的方向和目標，呈現自己最真摯的一面，做自己喜歡的事，正正是當日我倆在荃灣海傍許下的那個卑微的願望。

　　Joey 的新書《快樂豚長旅獨遊記》紀錄了她蛻變的整個過程，從埋下全職做 Youtuber 的種子，到鼓起勇氣辭職，再到踏上一趟又一趟說走就走的旅程，正是為了鼓勵還在尋找自己方向的讀者。她誠實地談論了自己的困惑和挫折，以及她如何克服這些困難。我相信這本書會激發讀者們的靈感，幫助他們找到自己的聲音和方向。我也相信 Joey 的故事會激勵大家勇敢地面對挑戰，接受自己的不完美，發揮自己的長處，她完美展現了是金子的話，到哪裡都能發光。我非常期待看到這本書能夠在讀者們的生命中帶來改變和啟發。

　　最後，我要感謝 Joey 讓我寫這本書的序言，也感謝她勇敢地分享她的故事。我相信這本書會成為她生命中的一個里程碑，同時也會成為讀者們生命中的一本重要的書籍。

祝願大家閱讀愉快！

Joey 的摯友 Coey

把這本書送給陪伴我
快樂成長的爸爸媽媽,
以及默默支持我的
所有豚友們。

Chapter 1

關於

Joeyful Joey
豚長

Joeyful Joey
頻道的誕生

Joeyful Joey【今天是愚人節 但我不是開玩笑】

終於！終於！終於！我開了 YouTube Channel 了！
常常說我要當減肥 KOL，可是講了 200 多年，由
胖講到瘦然後再胖回來，200 多年後的今日，我
終於踏出了第一步！

一直好想有屬於自己的平台，做我想做的事，為
自己的人生創造更多回憶，最最最想的，是用自
身的行動去感染和啟發身邊的人。

廢話不多說了，請訂閱我吧！

2020 年 4 月 1 日

自我有記憶以來，
「我的志願」曾經有兩個：DJ 和旅遊節目主持。

　　想當 DJ 的原因，是因為我小時候很愛聽電台節目「西加航空」，而想當一名旅遊節目主持，就是覺得可以把旅遊當成工作很開心。從小我就沒有把賺大錢或當一名專業人士作為我的人生目標，我只會想怎麼樣的工作，才會令我的人生過得開心又滿足。

　　當初成立 Joeyful Joey 這個頻道，沒有想過可以走得多遠，也沒有打算拍旅遊節目，我只知道這是我想做的，我一直都想！有好幾年的「年度目標」都有「開 YouTube Channel」這個項目，可是這就像減肥一樣，每年都會出現，卻每年都沒有達到。那麼在 2020年，為甚麼我就做到呢？

職業籃球運動員高比拜仁的意外離世

　　2020 年年頭，大家印象最深刻的，相信必定是疫情的來臨。除此之外，就是有許多世界各地的名人突如其來的離世，當中最讓我不能相信的，是籃球運動員高比拜仁 (Kobe Byrant)。

　　我不是喜歡看籃球的人，可是我依稀記得媽媽在我小時候每週日早上都會看 NBA，而她每次都會很興奮地叫：「高比仔！高比仔！」所以我從小就覺得他是一個很棒的人。那天我一起床看到新聞報道高比拜仁墜機身亡的消息，我真的驚呆了。就是因為這個原因，我心裡有一把聲音：不能再拖了！有甚麼想做的都不能再拖了！

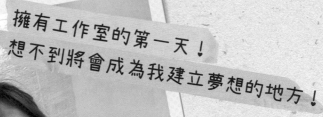

擁有工作室的第一天！
想不到將會成為我建立夢想的地方！

邀請好朋友到
我的小小工作
室坐坐，頻道
的頭像就是這
一天拍的了～

　　當時第一件想要做的事，就是要開始我的 YouTube 頻道，我想有一個屬於自己的地方。

　　首先我需要一個方便拍攝的場地，所以就租了一個小小的工作室，接著是拍攝器材，就買一部最多人推薦的「YouTuber 入門相機」吧！

　　就這樣，一個空間，一部相機，促成我頻道的第一條影片「夢想成真了！$3,000 低成本一手打造小清新夢想工作室」。剪輯第一條影片的記憶仍然歷歷在目，因為不熟悉剪輯技巧，我抱著電腦從早上剪到晚上，好像走火入魔一樣，眼睛都看得愈來愈模糊了，可是我真的很享受！一邊剪，一邊還會被自己逗笑（現在還會）。

　　現在回想起來，雖然我沒有用力達成「我的志願」，但其實已經默默地一步步朝著那個方向前進了⋯⋯

1.2

為何會叫「豚長」

「大家好！我是豚長 Joey，多謝你又來探我了！」這是我每一條影片的開場白，豚長這個稱呼，是頻道成立將近一年才有的。

很多人認識我，應該是因為我拍的美食影片，但其實我開始是有點抗拒拍美食片的。雖然我很愛吃東西，可是當我嘗試過拍美食片，例如雞翼開箱、麵包開箱和便利店美食開箱等，我發現自己其實是一個非常眼闊肚窄的人，常常吃幾口就開始飽了。然而美食開箱就是要吃很多，往往會造成浪費，我又不想把吃過的食物帶給朋友，所以我嘗試拍同樣在 YouTube 比較容易受到關注的類別 – 減肥影片！

相信大家應該看過很多 YouTube 影片，有一個大大的標題寫著「我減了 OO 磅！」，然後放上前後對比圖，這類影片大多數都會有不錯的流量。難得我擁有比別人優越的先天條件 – 有大量的脂肪可以減，就試試吧！可是我是一個沒有耐性的人，不能默默努力三個月然係再公佈成績，所以我想了一個比較好玩的方法去呈現我的減肥影片，以互動方式，在未開始減之前就邀請觀眾參加我的減肥團，大家一起努力。然後我再想想，希望這是一件開心的事，大家都愛去旅行，不如就叫「減肥旅行團」吧！當時還在做 Marketing 工作的我，喜歡玩「食字」，那就叫「減肥旅行豚」吧，就從那時開始，我就成為大家的「豚長」了！

第一次自己嘗試拍片，只懂吃，
不知道說甚麼好，很尷尬……
（這是沒有公開的影片）

原來大家都喜歡
看我吃東西的樣子～

頻道的混亂時期：一邊減肥，一邊瘋狂掃街？

第一年拍了超過 50 條片，有唱歌的，有教英文的，有用交友軟件認識男生的，一直都未找到明確的方向，但總算累積了一千個訂閱了。就是因為「減肥旅行豚」和「香港本地遊」這兩個系列，讓我的影片從平均數百位觀眾，慢慢變成數千，甚至數萬。

那時候的觀眾，應該感受到我當時是挺予盾的。可能我這週出了努力運動減肥的影片，下週就出在屯門從早吃到晚的掃街片。現在回想起來，那時候跟我一起減肥的觀眾作何感想呢？

如果只能二選一，減肥和吃東西，這兩者之間，當然是吃東西比較快樂！所以我正式宣布減肥失敗，專心拍攝香港 18 區的地道美食，也迎來第一次有「贊助商」聯絡想請我吃東西。記得收到邀請時，我超級開心！還特地想到一個特別的題材，請我媽媽一起「上山吃壽喜燒」，去了一個遍遠的青年旅館品嚐那鮮嫩多汁的牛肉。

帶呀媽
住無敵海景
Staycation

【上山食正宗壽喜燒】
https://youtu.be/j5gn-LtnQ7c

1.3

作為美食影片創作者
我告訴你一些小秘密

當了三年 YouTuber，我收到最多的合作邀請，就是來自餐廳的，可是我大多數都會拒絕，你們猜到原因嗎？

有看我的美食影片，都知道我很常說「超 好 味！」，基本上每一集都會聽到我說三次以上，沒錯，因為我對美食的追求沒有很高，所以很多食物我都覺得很好吃。觀眾也常常說：「看到你吃東西的樣子，覺得所有食物都很好吃」，甚至有人曾經說「看你的影片應該可以治好厭食症」。

哈哈，言重了！

我經常說我不是一個專業的美食評論家，對食物的形容詞離不開「好吃、很多汁、很鮮味、很清爽」，所以我後期慢慢開始都會婉拒餐廳的邀請，不想大家看到我說好吃就去吃，然後發現其實也不是那麼好吃。

「掃街一天」的背後

有時候收到觀眾留言，說很佩服 (同時也很擔心) 我不停的吃那麼多食物，身體能否負荷。其實每一條影片的背後，我有個部分是沒有拍出來的，就是「等消化」，每次我吃完一頓飯，到下一頓已經相隔幾個小時了，有時候我會去散步，有時候就是坐在公園。

雖然我的外形看似能吃很多東西，而認識我的朋友就知道，我喜歡同時吃很多東西，例如吃碗麵一定要加配料，最好右手拿筷子，左手拿雞腿，然後桌面上放上一條打開的香蕉，三樣東西同時吃，就是最幸福的狀態！可是呢，很常發生的就是我吃一吃就飽了，和朋友吃火鍋，戰鬥力最低的永遠是我。

　　這也是「一個人去散心」系列誕生的其中一個原因，這個系列是我會挑選一個比較寧靜的地方，到處走走看看風景，然後坐下邊聊天邊吃東西。因為我不想自己為了拍影片而狂吃，這個系列正好把影片的重點轉移到聊天的內容，而不是我吃了多少。

　　也因為這個系列，我慢慢在影片中更做自己了！

第一條
「一個人去散心」的影片，
亦是我很喜歡的影片之一

【一個人去散心】EP 1 愉景灣 | 點解會拍 YouTube？
https://youtu.be/hmw_6J3qol4

1.4

有想過放棄吧！

在我 20 歲出頭的時候，我很喜歡跟朋友談論有關人生的話題，還記得有一次我問朋友：「你們覺得人生的意義是甚麼？」朋友們都呆了，以為我是不是要做傻事。沒那麼嚴重，只是我這個人就是很愛思考人生。

「一個人去散心」系列裡面有一個部分叫「豚長『療』天室」，正好給了我一個很好的平台，讓我分享我的內心世界，也是因為這個系列，讓我跟觀眾漸漸多了很多心靈上的交流，大家的關係慢慢變得緊密。

當然，這樣有好的一面，也有不好的一面，就是我變得愈感情用事，感覺大家成為朋友了，愈來愈在意觀眾的話。

終於要面對傳說中的「Haters」

每個創作者都會經歷 Haters 這個問題，我也不例外，面對 Haters，我是完全招架不住的。

頻道開始多人認識後，每條影片總會有一兩個比較負面的留言。大多數都是攻擊我身形的，可是像這種人生攻擊的話我反而不容易放在心上，因為有時候那些話是惡毒到你心裡想說：到底他／她正在面對怎麼樣的生活難題，讓他／她產生這樣的負面思想。

大部分睇得 Joey 嘅，都係喜歡你嘅樂天同懂得欣賞生活嘅態度。唔好為咗少數嘅惡言影響自己。相信 Joey 你而家喺香港剪返啲片，都好回味喺西歐嘅一切。知你遲啲又會去東歐，好期待啊 🐷

要相信自己做嘅事，唔好咁容易受外界影響，真的…人生會有起伏，更會遇到一啲自己不認同自己嘅人，努力做自己，相信自己嘅感覺，衝呀豚長！！加油。。

豚長，好鍾意 睇你啲片，因為你率性，自然唔做作，而且充滿正能量，呢啲都係我哋鍾意你嘅原因，唔好為一啲無謂人令自己唔開心，你要記住好多豚友支持你呀，努力加油💪👍😀

Joey呀，我都係一個廿幾歲嘅女仔，我不知幾羨慕同欣賞你嘅生活態度同方式呀！支持你嘅頻道！喜歡你率直嘅個性，敢作敢為 ！睇你嘅頻道就好似一道清泉，令到身心舒暢，每次見到你出新片我都會馬上睇，工作過後嘅身心疲累都會得到紓解！多謝你呀 Joey 😀😀😀🖤🖤🖤

最令我在意的，是以前支持我的觀眾，現在對我說不好的話。

我很少會跟父母談論我的 YouTube 工作，唯一一次真的情緒很低落，那是我第一次忍不住問爸爸意見，我覺得自己不懂得如何處理那些言論。我反思自己心臟是否不夠強大，不適合當 YouTuber，是否應該要放棄。

感謝爸爸當時說了溫暖的話，讓我得到了很大的安慰。現在我建立了兩個處理這種負面情緒的方法：

1. 我在電話開了一個相簿，名字叫「加油」，每當有觀眾很用心地為我留言，跟我說我為他 / 她們的生活帶來的改變，這種留言我都會珍而重之，把它截圖存起來，在我下次又遇到低潮時，拿出來鼓勵自己。

2. 當我看到一些異常負面的留言，我會去點進去看看他 / 她以往的留言，如果清一色都是負面的，我就釋懷了，證明他 / 她們是一直默默支持我的 :P。

在此我想再次感謝每次當我「又低潮」的時候，總會跑出來鼓勵我的每一位豚友。

1.5

YouTuber
是我人生做過
最長的「工作」

在全職拍 YouTube 之前，我大概工作了 10 年。

從大學畢業以來，我選每一份工作從來不是看客觀條件－薪金、名銜、晉升機會、工作位置等都不是我考慮的。還記得在其中一份工的面試，我還「大方」地說：「人工不是問題，我就是很想試試！」(最後我有應徵成功，可是薪金比上一份工作還少了 20%) 那麼我選擇工作的條件是甚麼呢？全都是一些主觀的因素：我喜歡嗎？會對社會帶來意義嗎？會為人帶來快樂嗎？

正因為這種感性的想法，往往我的工作都做不長，兩年已經是我的臨界點了。替別人打工，做的每一步也要被上級審批，公司也有公司的規矩要守，這個我明白，我也很願意跟從，可是自從我有了 YouTube 這個屬於我的平台，我回不去了。

你們能想像我有多愛拍影片嗎？

第一年拍 YouTube 的時候，其中有一條影片叫「假如『全民造星 3』拍女生版」，當時全民造星只有邀請男生去上，有一天我下班在灣仔等車回家時，我就想拍一條全民造星 3 女生版，所有參加者都是我，扮演各種不同人物去表演......想啊想，一抬頭已經到了葵涌！感覺非常神奇，就好像我進入了一個忘我的創作空間，是我工作 10 年以來從來沒有感受過的。在 YouTube 這個平台，我就是老闆、導演、編劇、監製和演員，我可以對我的創作全權負責，寫好

很喜歡看見拿著相機認真拍攝的自己

腳本不用交給任何人審批，拍好片也不用交給老闆看，這種感覺太棒了！

自編自導自演係開心事

開啟頻道兩年以來，除了有幾個月我工作實在太忙碌，基本上我都做到了每周一片。有人問我是怎麼做到的，我只能說拍片、剪片是我生活的動力。每次剪片我都是帶著微笑的，有時候是看到自己的滑稽表情，有時候是聽到自己無聊的笑話，再加上每次影片上傳後看到觀眾們的反應，這些都支撐著我在全職工作以外，努力經營我的頻道。

以前做每一份工作，大約做了一年，我就會有了辭職的想法，每天想著甚麼時候是最佳的離職時間呢？可是 YouTuber 這份工作，我只想著，怎麼樣可以一直做下去。到現在我還是跟從前一樣，所有客觀條件，每月賺多少、有多少廣告收入、甚麼時候可以10萬訂閱，這都不是我考慮的。我想的是：我喜歡嗎？會對社會帶來意義嗎？會為人帶來快樂嗎？

Chapter 2

豚長

奮鬥史

2.1

離家出走的前科

☺ Joeyful Joey   •••

Joeyful Joey 我會稱小時候的自己為「大隻惡霸」

從幼稚園開始，我永遠都是身形最大的一個，最喜歡搭在其他小小的同學肩膊上，好像「大家姐」一樣。

因為大隻，吃飯總會有雞髀吃；
因為大隻，老師總會安排我坐特別位置；
因為大隻，小學曾經被女同學告狀，說我常常搭著她又抱又親。

亦因為大隻，大家都總愛拿我開玩笑，我也會陪著他們一起笑，然後全部人就一起哈哈大笑！

這就是童年的我，
感受到那陣「天不怕、地不怕」的氣場嗎？

31 歲辭職一個人出走歐洲，很多人都說「很佩服」、「你真勇敢！」

其實我覺得小時候的我才是最勇敢的。

我的鄉下在廣東省揭陽市一個叫五雲的小鎮。每到新年，我最喜歡和家人一起回鄉過新年，因為那是我小時候唯一的「旅行」機會。

在鄉下的時光總是非常快樂，每天都有吃不盡的美食，又有很多親戚帶我到處玩，晚上又可以放煙花。那時候我身邊很多同學都討厭回鄉，寧願在香港過年，每天玩遊戲，可是我卻很喜歡離開自己熟悉的地方。

轉眼間新年就完結了，帶著依依不捨的心情和親戚道別之後，就回港準備開學。回到家後，突然發現我那本從公共圖書館借來的書遺留在鄉下忘記拿走了！當時的我害怕得很，鼓起勇氣告訴媽媽後，換來一輪怪責。那時候我把事情想得很嚴重，也沒有想到，遺失圖書館的書，其實賠上一本書的錢就可以了。任性的我拋下一句：「我去拿回來！」然後就拿著剛逗來的利是，一個人離開了家。

剛過完關，其實我就後悔了。

點解可以咁大膽

因為很喜歡回鄉，我已經把前往羅湖的路記得滾瓜爛熟，但難題是，從深圳到五雲需時 5 個多小時，以往每次都是爸爸一早安排好車，我只需要上車就是了，從來我都不知道該坐甚麼車。可是我當時已經被害怕的心情令我喪失理性了，我覺得我有錢！我有回鄉証！我記得鄉下的地址和老家電話！我就可以去了。

可能我長得又高又大隻，而且新年期間過關的人太多了，想不到我就順利地過了。可是剛過完關，其實我就後悔了。我還記得一踏出深圳，我怕了，想回頭，我立刻走去「回香港」的通道，可是那時是新年後回港的高峰期，「打蛇餅」的情況非常嚴重，我看到一大堆人，不想重新經歷等候過關的煎熬，所以我再鼓起勇氣，硬着頭皮找方法回到鄉下。

漫無目的地走，看到路邊有一大堆在招客人的計程車和電單車。想不到年紀少少的我，已經很會控制旅費，我選了電單車，然後用很有限的國語問那挨著電單車的男人：「我想去五雲，你知道怎麼去嗎？」「我知道！」那個男人堅定地說。在我又迷失又害怕的時候，這個肯定的答案讓我再一次坐上了他的電單車。

我記得當時覺得自己很幸運，覺得遇到了好人，很快就可以回去拿回我的書了！他開了一段時間，把我載到一個叫布吉的地方，

那裡有很多巴士，我感覺愈來愈有希望，然後他把我領到一輛巴士面前，目的地的牌子寫著「五華」。

「我想去五雲，不是五華啊！」當然，那個男人也不管我，他把我送上巴士，等我坐好之後，向我收了一百塊，然後就下車了。

搞不懂五雲？五華？

雖然知道五雲和五華應該不會是同一個地方，可是我已經沒有其他選擇了，我還帶著一點點盼望，期盼著五雲就在五華旁邊，就像葵芳和葵興一樣......好幾個小時的車程，我打醒十二分精神看著車外的路，看看有沒有熟悉的畫面。就這樣，我從天光坐到天黑，看一下時間，已經晚上九點多了，我......開始害怕了。

在整個過程中，其實我是很幸運的。剛踏出深圳，我沒有被人捉走；坐上電單車，我沒有被載到無人的鄉郊；到了巴士站，我沒有在付一百塊的時候被搶走其他的錢。可是看到外面全黑的鄉郊路，我慌了，我不知所措了，我哭了，就在這刻，我遇到了天使。

這天使是一個來自香港的家庭，他們說一早就在留意我了，覺得很奇怪，為甚麼我會自己一個人坐長途車。還好我記得鄉下家裡的電話，他們幫我聯絡家人；還好我所在的地方就在五雲不遠處，很快我的堂哥就來接我了。

最後，我平安地回到鄉下的家，順利地把書放在背包帶回香港，爸爸媽媽來接我的時候，沒有打我，沒有罵我......只有非常擔心的表情。

我還欠他們一個對不起，還欠那天使家庭一個謝謝！

看到可能有需要幫助的人，不要吝嗇伸出援手，即使是一句問候，一個笑容，可能你會救了另一個豚長。

這段童年回憶讓我回想起我的「法國通宵巴士歷險記」，前往西班牙的巴士在凌晨時分消失 4 小時......

坐 10 小時通宵巴士回西班牙！
巴士在凌晨消失 4 小時

【法國】
https://youtu.be/zP7qcsCyI6Q

2.2

從小到大
都過得隨心所欲

　　我從小就沒太多讀書壓力，也沒有要讀名牌大學的嚮往，在中五會考考獲剛好合格的分數可以原校升讀，已經夠我打邊爐慶祝了！中六和中七兩年，本來應該是埋頭苦幹的時間，我每天享受著輕鬆上學、輕鬆參與學生會和輕鬆去自修室「溫習」的日子（那時候我每日最期待是跟同學去圖書館樓下吃下午茶）。最後，A-Level 成績不堪入目，就只有英文科比較好。在派發成績前我也沒有做甚麼後備計劃，要重讀？要打工？讀遙距大學？最後我選擇了報讀副學士課程，主修商業傳意英語，因為不想重新再讀那 A-Level 的課程了，我要向前看！

　　以前的我經常說，讀副學士時是我人生最最最快樂的時期！我遇到了喜歡讀的廣告行銷科目，認識了一班努力學習又不忘享樂的好朋友，每個學期的成績都給了我滿滿的信心，可以升讀大學。考試前夕，我會相約朋友瘋狂進駐圖書館，除了認真讀書，也會讓自己好好放鬆，每天過得既有衝勁又開心！

攝於學校圖書館

人生首個煩惱

　　兩 年 後 ， 我 同 時 得 到 了 PolyU、CityU 和 BU 三 間 大 學 的 Offer。我首先是得到了香港浸會大學英國文學的 offer，聽起來很有氣質吧？「你讀甚麼科？」「我讀 Eng Lit. 英國文學」立刻讓人想起那種抱著一大堆厚厚的英文書，坐在圖書館外的空地，靜靜地閱讀莎士比亞的作品的氣質女生。那時候我甚至已經付了五位數的留位費，還參加了學校的迎新日⋯⋯可是一收到 PolyU 的 Offer，我徵求完媽媽的同意，二話不說地轉讀 PolyU。原因是甚麼？因為我讀了兩年 PolyU 的副學士課程，每天上學經過那紅磚校舍，我心裡常常都默默地承諾自己，終有一天，我要成為這裡的學生！

　　至於英國文學？我還記得當時大家都說在這一科的面試，要分享一本最近看的文學作品，我根本從來不看！結果面試時真的問這條問題了，我緩緩地說出，我最近看的英文書是 P.S. I Love You。說出來真的很不好意思，我當然知道它不算是文學作品，我也沒有看過這本書，只是當時剛好看了它的改編電影《留給最愛的情書》，想說硬聊也是能聊下去。不過當時的面試教授聽到也啞言了，好像就沒有問下去。

　　所以說，我人生很多「重要的決定」，也是沒有經過甚麼理性考慮作出的。

也有認真的一面喔~

2.3

播下旅遊夢的種子

　　上了大學後，我就沒有好好讀書了，因為我把所有心機放在參加活動上。我參加了一個名叫 AIESEC 的社團，是一個國際青年領袖組織，簡單來說是一個培養青年關注世界議題、領導力及管理能力等……很正經吧？沒錯，那時候的我連甚麼是 Leadership 也不太清楚，吸引我的，是它的國際交流項目，我可以透過它參加海外的義工計劃，就是說可以去旅行了！

　　大學以前，我只坐過一次飛機，是參加學校去北京內蒙古的交流團。很多人在第一次旅行時，發覺世界很大，很多有趣事物等待自己發掘，覺得跟不同地方生活的人溝通很有趣，所以從此就深深愛上旅行了。我的原因卻沒有那麼偉大，那時候喜歡上旅行的原因，是覺得可以跟一大班朋友去到一個陌生的地方，無拘無束、輕輕鬆鬆地到處玩、到處吃，晚上還可以買一大堆宵夜回房間再吃，實在太開心、太爽了！我認定了旅行就是好玩，我就喜歡旅行！

在捷克分享香港的飲食文化

加入 AIESEC 後，我在短短兩年去了近八個國家。參加了在台灣和馬來西亞的國際會議，和當地的大學生「交流」，然後在大學最後一個暑假，去了捷克參與為期 6 星期的義工服務，同時到了周邊的國家旅遊。大學三年級，我在 AIESEC 上莊了（擔任幹事），把近 200 名學生送到國外當義工，他們回到香港後，我們會舉辦分享會讓他們分享旅遊帶給自身的改變。有人說自己從小沒有機會旅遊，這經歷讓他大開眼界；有人說這經歷讓她變得外向⋯⋯因為這個經歷，我真正感受到旅行的神秘力量，只要你用心感受，用力捉緊每個體驗，旅行真的可以為自己帶來改變。

聽起來有點抽象？我在這裡再分享深入一點。

在馬來西亞的國際會議，最後一天大家會默默留小字條給你認為重要的人，那時候收到很多祝福，信封都滿了！

發掘「有趣的不同」

我一直對台灣和馬來西亞有一種特別的偏愛。第一次去台灣就是跟一大群台灣的大學生每天待在一起，他們那種從骨子裡散發出的溫暖，不是裝出來的，是整個環境培養出來的。從那時候我就覺得，原來人可以那麼善良單純地活著，那種暖是可以感染別人的，我也想像他們一樣當一個溫和善良的人。在馬來西亞，我也是跟一大群馬來西亞大學生每天待在一

在香港從來不敢玩這種高高的地方掉下來讓人接著的遊戲，因為大家都會開我玩笑，可是這群馬來西亞的好夥伴給我滿滿的信心，讓我在幾百人的目光下自告奮勇，參與這個信心遊戲！

起，他們也是很友善的，可是他們的友善跟台灣有點不同，是帶著巨大的熱情，有點愛玩和淘氣的那種，我也想像他們一樣當一個開朗熱情的人。如果用笑容來形容，台灣學生是溫暖的微笑，馬來西亞學生是哈哈大笑。

以上的形容是我所認識的人給我的感覺，不代表所有。我想帶出的是，去同一個地方，你可以專注在「這個牛肉麵香港也能買到」，或者「吉隆坡不是跟香港一樣到處高樓大廈嗎，有甚麼好玩？」可是，你也可以專注在那個城市帶給了你甚麼「有趣的不同」，然後把各種不同綜合起來，想想這些能為自己的生活和人生帶來甚麼改變。

2.4

台東打工換宿：
　不堪回首的
　第一個旅遊節目

第一次看到
鏡頭中的自己

　　大學畢業那一年，我對所有旅遊相關的活動都很感興趣。有一天在 Facebook 無意中看到一個比賽的宣傳，我只記得幾個關鍵字：旅遊節目主持、打工換宿、台東體驗綠色生活。當時我沒有一絲猶豫，報名參加了！

　　參加這個比賽，需要在活動的簡介會後，即場錄影兩分鐘的自我介紹短片。當時的我面對鏡頭當然很不自在，而且要分享自己對綠色生活的看法（我只說得出要用環保袋），再看到其中一名參賽者更是擔任過很多活動主持的大帥哥，我覺得自己沒希望的了，可是……也盡全力吧！

這就是我
第一周工作的咖啡廳了！

最後，我應該是以「貼地」取勝，成為三位主持的其中一員。

第一次打工換宿、第一次做旅遊節目主持人......台東我來了！！

說好的旅遊節目呢？

　　帶著滿滿的期待，去到台東一個很有意思的地方－布農部落休閒農場，第一次認識台灣的原住民，在它們建立的民宿打工兩周以換取住宿。每一個星期體驗一款工種，第一周，在咖啡廳打工，工作非常簡單，打掃、沖飲料、做簡單的食物等等，每天看著翠綠的山、藍藍的天，吹吹風，曬曬太陽，有空時還拿著 Ukulele 跟另外一位女主持唱唱歌，日子過得十分寫意。第二周，去了製造芋圓的工場，每天朝 9 晚 5 地包裝芋圓，雖然有點無聊，可是每天和一群原住民婦女從早聊到晚，她們還說要介紹兒子給我，記得那時每天都在哈哈大笑的時光度過，日子過得很輕鬆。

東山鴨頭，我對不起你，沒有好好把你推廣出去

重點來了,不是說要拍旅遊節目的嗎?

除了紀錄打工的片段,有時候我們還會去當地的活動或者農場拍攝,希望把這個地方不同的面貌呈現給觀眾。第一次當主持,才發現當主持那麼難!參與每樣活動時,作為一名稱職的主持,應該準備充足,跟觀眾分享有趣的背景和故事,可是我卻看輕了這些工夫,以為自然做自己就是了。舉例在芋圓工場,以為自己很搞笑,說我每天的工作就是包芋圓和聊天……然後就沒了。到最後,我記得節目好像都沒有出現我們在工場的工作。現在回想起來,有很多值得說的,例如為甚麼要做芋圓,對這個地方的意義是甚麼?訪問婦女們對每天重覆的工作感覺如何?甚至問問他們兒子會想娶像我一樣的城市女孩嗎?很多很多有趣的東西可以發掘,可是我都沒有。

有一天去夜市拍攝,我拿著當地著名的「東山鴨頭」,對著鏡頭只會說「試一下這個」「啊這個好吃!」我沒有把握機會把這個特別的食物分享出去,其實「東山鴨頭」是一款台灣的滷味鴨肉小吃,它特別的地方就是先滷後炸,所以做得非常入味,而且吃下去你會感受到各種香料,是跟其他滷味不同的。我最喜歡它甜甜的味道,當地人喜歡吃鴨頭,可是對我來就,其他配料例如百葉豆腐是我的最愛,因為裡面吸收了滿滿的汁……!我只是回想就可以說出一大堆形容,怎麼當時就只說出「好吃」呢?

不要犯相同的錯

　　其實在參與的當下並不覺得自己做得差，還帶著期待的心情看節目播出。看到播出之後，第一個感覺是我說的話都很沒趣，我都不敢看下去了；第二個感覺是覺得自己鏡頭很少，當然了！因為我都沒說甚麼有價值的話。總而言之，這個我人生第一個旅遊節目就是爛透了！

　　不過現在回想起來，真是 Everything happens for a reason（事出皆有因）。那麼尷尬的表現，令我覺得自己白白浪費了一個那麼好的體驗，可是也可能因為這個埋藏在我心底裡的遺憾，令我默默地告訴自己，下次不可以這樣了，有機會要好好把握！

　　現在我把握了機會，做自己的旅遊節目，做自己節目的主持了！（雖然很多時候也還是只會說「好吃」）

P.S. 這個尷尬的節目在 YouTube 還可以看到，可是我還是沒有勇氣拿出來跟大家分享，有興趣可以自行嘗試搜尋看看。

　　因為要找相片，看到當時寫的文字感想，才發現自己從來沒改變：簡簡單單也可以很快樂。

　　「感謝 Travel QnA 同 M21 帶我去認識呢個像世外桃源般的布農部落。在這裡的人每個都像天使一樣，有一顆善良卻單純的心。謝謝你們教會我簡簡單單也可以很快樂。雖然短短兩星期，發生的意外一樣接一樣，但這都成為了我難忘的回憶。我會記得，布農永遠是我的後花園。」

2.5

我的夢想工作

　　有看我影片的豚友，都知道我常常說「沒關係，最緊要開心！」這個想法除了套用在生活的層面上，也應用在工作上。從畢業以來，我找工作的標準是：希望可以帶給人快樂的。

　　沒錯，就是那麼天真。

　　雖然很老土，但我覺得要活得快樂是很重要的，而我的快樂主要不是來自每個月銀行的數字（當然長大後覺得多幾個零也是不錯的），我的快樂是可以見證別人因為我，而臉上露出笑容。讀書時期，每年生日對我來說尤其重要，我很喜歡一個接一個的生日派對，我特別重視切蛋糕的環節，因為覺得那一刻是所有人把祝福送給壽星的時刻。所以我心裡有一個想法，我希望工作是與生日有關的，最直接就是為人舉辦生日派對。

傻得替人免費打工

　　那個時候，「Party House」剛剛出現在市面上，就是提供一個場地讓人舉辦生日派對。因為我完全沒有資金去建立一間 Party House，所以只好去給人打工。不知道哪來的想法，當時覺得 Party House 只會聘請認識的人，或者有經驗的人，兩者都沒有的我，找了幾間 Party House 的電郵，發了一封自薦信，主題是：免費打工。

就是這個感動 moment,
令我很想見證更多生日派對

對的，我提出了可以為它們免費打工，條件是……沒有條件，就是讓我參與就好。

如是者，我當時應該發了 10 多個電郵，最後只有 2-3 家有回覆，可能大家都覺得我很奇怪吧。最後，我去了一家面試，她也「聘請」了我。就這樣，我終於可以在 Party House 工作了！

想像和事實永遠有點距離，本來以為每天就可以沉浸在生日派對裡工作，但實際的工作大家也能想像，就是派對前打掃、預備食物、派對中 Stand by、拍照時幫忙拿相機，還有派對後的清潔工作。雖然和想像中大致上不符，可是有一樣還是讓我很觸動的，就是生日壽星閉上眼許願，全場人安靜等待，然後壽星睜開眼，看著所有在場人士笑著為他鼓掌慶祝的一刻，每次看到我還是會「眼濕濕」。

這份「工作」做了一個月，後來覺得免費幫人做清潔的確有點傻，所以就沒有繼續做了。雖然如此，這個夢到今日仍然在我心底裡，等待發光的一刻。

2.6

不工作，
可以嗎？
當全職 YouTuber，
可以嗎？

經歷了免費打工，當然我也有做過不同的工作。

在大學主修英文科，很多人以為我們會當老師，其實不是，如果想當老師的，大部分是去讀教院（現在的香港教育大學）。我們這一群英文系畢業生，不像其他專門的學科有明確的工作方向，感覺甚麼公司都需要英文好的，可是也不需要讀英文才是英文好的。就這樣不上不下的，我投了很多關於 Marketing 或 Event Management 的工作，我記得當時面試的公司有 11 家，一家也沒有聘請我，這時候，剛好又有了「免費打工」的機會。我以前的老師在 Facebook 出了一張帖子，徵求義工為一個慈善機構的聖誕籌款活動做包裝。我一直都有想在慈善機構工作的想法，可是聽說很多機構都需要先做過「商業世界」的工作，再去慈善機構會比較容易，而我甚麼經驗都沒有，就去做義工吧！

誤打誤撞的情況下，我從義工變成了正式員工。工作了兩年多，心裡總是想試點別的，想去「商業世界」感受一下，所以去了一家舉辦活動的公司上班。又兩年，我又想換工作了，去了一家做商場活動的公司上班。每次換工作，要找「帶給人快樂的工作」這個觀念從來沒有改變過，本來我對自己說，做商場活動，可以看到市民投入活動、開心打卡，也很有意思呀！可是當中的辛酸和人情冷暖，讓我成為了一個非常非常負能量的自己。在這個行業兩年多，我又一次換工作了，我想回到慈善機構，覺得「商業世界」不適合我。

告別商場工作，展開新的旅程

　　在這間慈善機構，我終於重新感受到，工作也可以有愛和關懷的存在，只不過……那只佔工作的百分之十，所以我心裡也是默默想像很快會離開，可是我沒有想過，這次離開，是去當全職 YouTuber。

中 COVID 打亂陣腳

　　在開始拍 YouTube 時，當然有幻想過有一天可以靠著 YouTube 養活自己，可是也只是幻想，沒有訂立一個明確的時間，更沒有「一定要做到」的想法。簡單的講解一下，要從 YouTube 賺取收入，先要得到 1,000 個訂閱，觀看小時要達 4,000 小時，才到達「盈利的門檻」，開始可以得到從 Google 發出的廣告收入。我花了整整一年，達到了這個門檻，每個月會有港幣幾百塊。到了第二年，我第一次收到客戶的邀請，請我吃東西，不過也大部分是沒有錢的工作。沒問題，客戶開始看到我，我也是很開心的！如是者，頭兩年我從沒有想過哪一天我可以全職拍 YouTube，幻想也只是幻想。

來到拍 YouTube 的第三年，也是疫情的第三年，我終於「中了」，感染了 COVID！我也忘了是第幾波疫情，只記得當時非常辛苦，可是這次「中招」令我有個想法，是時候了！

在慈善機構工作時，協助拍攝影片，十分享受！

我的陽性經過
希望呢條片可以陪你走過

【確診好徬徨？】
https://youtu.be/u3bxEgJVJCg

Chapter 3

豚長

出遊記

3.1

是時候
要賭一把了

☺ Joeyful Joey ···

♥ Q ⊲ ⊳

Joeyful Joey # 豚長的旅遊日記 001

出發倒數 7 日

怎麼辦！怎麼辦！
我的心情突然變得很混亂！
上星期在忙亂的工作中度過 Last Day
現在安靜下來
發現自己真的告別了上班族
下個月銀行戶口就不會自動出現薪水了

緊張、期待、擔心、忐忑......

我是在 2022 年年頭得 COVID 的，那時候我拍了一支影片分享整個經過，獲得超過 33 萬觀看數，截至 2023 年 2 月是頻道最高觀看數的影片。這支影片，這個經歷，除了為我帶來數百個素未謀面的觀眾慰問和關心，將近 3,000 名新的訂閱，最重要的，是它給了我辭職的勇氣。

這一場「確診之旅」，我想是工作這麼多年以來，第一次體驗這種完全放下工作的感覺。從前的我，放假去旅行都總是在工作，長期處於一個自己為自己施加壓力的狀態。還記得確診的第二天，我還一大早起床準備文件，擔心公司沒了我，正在進行的項目會因此停頓。常常聽人說「一間公司無話無咗邊個唔得」，我卻以為公司不能沒有我。這次因確診而休息，我在 1-2 天內把所有手上的工作交給了同事，頭幾天以為同事會打電話問我，沒有；又以為上司會發現我之前未處理好的工作而質問我，也沒有。就這樣一天天下去，我好像一下子把所有以前給自己的重擔都放下了，原來是如此舒服。那時候我的日記有一篇寫說：

「以前每天完成工作清單，努力地從中尋找滿足感。每一天帶著不期待的心去開始，然後帶著『Oh！今日終於完喇』的心情去結束，日復一日，我相信生活不該如此。」

無膽鬼要出發了

　　在休養期間，我每天都讓自己盡情休息、看喜歡的電影、累了去睡覺、餓了吃東西，想做點事情，就構思拍片題材。這是畢業之後，頭一次我覺得我在過自己的人生，想想自己每天真正想做的事情，做甚麼自己會開心，會滿足。而不是工作希望你完成甚麼。學會休息，學會放下，慢慢尋回自己。

　　「突然有一個領悟，好像生活本該如此。」

我還記得那時候在工作室看著朋友送來的花，一杯清澈透明的水，太陽打下來的一剎那，那一幕好美，好舒服。從前一腦子只會想有甚麼工作未完成的我，忽略了很多身邊的事物，我決定以後像這樣，讓自己安靜地感受世界的美好。

復工不久，我打好了辭職信，決心辭職的那天，我還在猶豫。雖然我不太享受工作，可是當時的上司對我蠻好的，我不忍心，又擔心公司短期內請不到代替我的人，又覺得好像再做一兩個月存多點錢也可以，各種讓我想退回去的想法浮現......那一刻我想起隔離期間看的一套迪士尼電影《盛夏友晴天》，主角 Luca 遇到想做卻不敢做的事情時，他就會跟自己內心說：「收聲啦！無膽鬼！」

「收聲啦！無膽鬼！」就這樣，2 月確診，3 月辭職，4 月出發。

2022 年，
我要出國了！

【籌備一年】
https://youtu.be/HvMr5y7rfSI

3.2

對，就只有 6 萬元

　　為夢想付出的那一刻，你就已經在追夢的路上了。

　　我是典型的月光族。剛出社會時，每次旅行我都不管銀行戶口有多少錢就訂機票和酒店，只要不要過得太奢侈，總覺得下個月發薪水就能付清信用卡數了。就是這種及時行樂的心態，我從來沒有存錢的習慣。

　　即使心裡一直有想去長途旅遊，甚至在外國生活一段時間的想法，但從來都只是空想，沒有為此付出過任何努力。偶爾有一天跟朋友聊天，她說：「開始存錢吧，每個月存五千元，存幾個月就有幾萬元，到時候你就有出走的本錢了。」就在 2022 年 10 月，我開始為「豚長夢想基金」存下第一個五千元，就在那一刻，我好像為那個模糊的夢想，搭建了一條路，只要我一直走一直走，我就能看得愈來愈清楚。

　　除此之外，在拍 YouTube 的第二年，開始從 YouTube 得到一點收入，自從開始存錢後，我就把 YouTube 得來的額外收入，連同正職收入中的五千元都存進夢想基金，加快達成目標的時間。半年後，加上正職最後一個月的薪水，我為夢想基金存了 6 萬元。

大不了返香港

　　在南法旅行時，我認識了一位來自香港的朋友，我跟她說這趟旅行我存了 6 萬元就出發。她非常驚訝地問：「6 萬元？所以你就只有 6 萬元？」對，就只有 6 萬元。我本來對這趟旅程沒有做過認真的預算，可是在將近要出發時，我嘗試算了算：住宿、學西班牙文的學費、拍攝的支出、交通費、伙食費等......原來去歐洲旅行，6 萬元可能一個多月就花光。

　　我不管了，及時行樂嘛！其實我對自己是有信心的，全職拍 YouTube 後，只要我努力一點，收入應該會增加的。如果真的花了一個月就花光了，那就回香港吧，想太多只會讓自己永遠踏不出那一步。就這樣，先報讀西班牙文課程，預訂飛去倫敦的機票，安排好在倫敦頭幾天的住宿......原來在踏出了第一步，就像踩上了輸送帶一樣，突然走得很快，夢想之旅變得愈來愈清晰可見。

　　一開始我感覺是很不實在的，像這種 30 歲辭職去旅行的事，從來只有在書本和媒體上看見，想不到我也可以。當我心理慢慢準備好的時候，我發現有一個人還未準備好，就是我媽媽。

望住香港海景歎午餐～
聊聊對旅程的期望

【離港倒數 20 日！】
https://youtu.be/wVObAJ1yQbc

3.3

寫給媽媽的一封信

　　從辭職到出發，時間不到兩個月，整個決定做得太突然，加上那時候各地旅遊還沒恢復正常，回港還是需要隔離的，雖然我媽媽思想算是前衛的人，但對她來說還是不太能接受。因為一開始我是沒有想好回港日期的，本來我想把錢花完就回來，可能是兩個月，半年，甚至一年。媽媽對這種沒有限期的旅程，怎麼能接受？

　　將近出發的前幾周，我在晚餐中跟媽媽提醒說，我月底就出發了。她立刻作出很大的反應：「甚麼？你真的要去？真的現在就要去？」聽到這句話，我第一個情緒是生氣 — 我工作辭掉了、機票訂好了、學費付了，你不會在這一刻要阻止我出發吧？你怎麼以為我不是認真的呢？為甚麼你就不能支持我呢？

尋求諒解

　　那頓晚餐不歡而散，我沒有解釋太多，她也沒有說出她的感受。我在 WhatsApp 找朋友聊天，告訴她們我有點失落，因為媽媽居然在這個時候還未接受我要去旅行，讓我感覺很放不下。聊天過程中，朋友們耐性地跟我分析，媽媽會擔心是因為我從來沒有跟她好好溝通 — 為甚麼我要這個時候出發？我要去哪裡？要去多久？會住在甚麼地方？她完全不知道（因為我也沒有想好）。我的心情頓時從生氣變成內疚，反問自己，做出這個決定，我是否有點任性呢？我是否應該放棄，等疫情好轉才出發呢？

「希望你能明白，不要擔心，好嗎？」

我決定要向媽媽解釋清楚，讓她知道這趟旅程對我的意義。這個想法一直在我心中，已經好久好久了，我可以等，同時也不想再等。經過這一次疫情，我們都清楚明白有些理所當然的東西，可以一下子消失，誰知道下一刻會發生甚麼事？難得我有這個勇氣，難得我終於存到錢，現在就是最好的時刻。信中我寫說，我這次放手一搏，希望這個新的工作模式可以讓我有能力改善家人的生活，將來可以有機會讓我帶家人出去旅遊。

畢業以來，我的工作都很忙，壓力也很大，加上我的壞脾氣，媽媽承受了我很多氣，我們常常一說話就吵架。幸好換了在慈善機構的工作，告別了日夜顛倒的生活，多了一點點相處的時間。我想試試再多點掌控自己的時間，把時間花在應該花的人和事上。

小熊維尼教曉我的事

我在確診休息期間重看了小熊維尼的真人版電影，其中一幕對我來說特別深刻。小熊維尼從小跟男孩羅賓一起長大，當羅賓長大成人，他被長期高壓的工作改變了許多，從單純的小男生變成易怒的大人，工作大於一切，就連一早計劃好的家庭旅行，也因為突如其來的工作取消，令妻子和女兒瑪德琳非常失望。有一天，小熊維尼和其他動物朋友與長大後的羅賓重遇，小袋鼠問羅賓：「瑪德琳

是誰？是否像你的工作一樣重要？」羅賓回答：「她是我的女兒，很重要的人，她是我的一切。」小袋鼠歪著頭，不明白的問：「那麼...為何你不在她身邊？」

　　對的，我們常常覺得家人很重要，我的父母是我的一切，他們是世界上對我最好的人，可是我卻常常把他們排在最後一位。這麼簡單的道理，可能只有純真的小袋鼠看得最清楚。在寫信給媽媽的過程中，我想起了這段情節，她是我最重視的人，我卻從來沒有好好跟她溝通、了解她的心情，或者讓她了解我的想法。

　　寫完了信，我的心情也平復下來，最後信並沒有送到她手上，太煽情了，我有點害羞。不過我帶她去吃了一頓日式放題，跟她分享我的計劃，我已經報了語言學校，所以頭一個月都會住在學生宿舍中。至於去多久？大概會去三個月吧，如果很想留下來到時再說。就是這一場談話，讓她的心安定了一點，我也放心出發了。

人均 $515
體驗灣仔性價比高酒店

【 母親節小驚喜 】
https://youtu.be/dKybp97RrEA

3.4

倫敦：
不只是艷遇

　　出發的前一天晚上我真的睡不著，就好像小學生去旅行一樣，興奮又緊張。老實說，到了出發前幾天我還在問自己，真的要去嗎？不如去東南亞城市好了，生活水平比較低，幾個小時就可以回香港了，而且也可以一嚐全職旅遊YouTuber的滋味啊！「收聲啦！無膽鬼！」

　　好吧，出發吧！

　　因為還有一個星期巴塞隆拿的西班牙語課程才開學，所以前往西班牙之前，先從比較熟悉的倫敦開始，用幾天來適應一下。誰知道，到達的第一天我就完全愛上倫敦了。我喜歡在公園裡無所事事，看看小孩們到處奔跑，滾草地；看看年長的老夫婦坐在山頂的長椅上，享受著美景；看看爸爸拖著女兒，在湖邊看鴨子......這些畫面是我在香港沒有見過的，應該說，是我沒有那個平靜的心去感受。我把這一切用相機紀錄下來，拍了我在倫敦第一支影片「探索倫敦富人區」。記得拍完這支影片，我迫不及待地回去青年旅館剪輯影片，我好想好想快點跟大家分享。也因為這支影片，我的頻道一下子多了幾百個新訂閱，我從巴塞羅納下飛機的一刻，看到影片下百多個留言，甚至一位我很喜歡的YouTuber都留言給我，我好開心，感覺我真的被看見了！

　　當一個人很享受自己的人生，可能真的會閃閃發光。以前我總覺得自己在青年旅館中，都是很孤獨的，一個人默默坐在角落，看

著其他人快樂的互動。可是在倫敦的旅館，我認識了幾位現在還有聯絡的朋友，還認識了他。

他是一名英國人，因為工作的原因短暫來倫敦住一天，我在廚房煮辛拉麵時遇見了他，然後開始交談。可能你們會以為我性格很外向，其實對著陌生人我是硬撐出來的，再加上他講的英文我只聽懂 7 成左右，我努力的表現從容，當他提出吃完飯一起出去走走，我故作輕鬆地說：Yes Sure! 其實心裡是無比緊張。

對！Life is short

第一個晚上，我們在旅館附近走了幾個小時，然後一起回去（各自的房間，哈哈）。臨別前，他說他可能會再待一天。第二天，我收到了他的信息，他問我，要延續昨天的散步嗎？我說好，然後晚上又走了幾個小時。臨別前，他說他因為有工作，明

◎ Hampstead Heath, London

倫敦有很多令人心情舒暢的花店

看到小朋友滾草地，
我也跟著滾了一下

天下午要回去自己的城市，可是我們可以一起吃早餐。我說好。到了第三天，我們一起吃早餐。到了他要離開的時候，他查了一下火車的時間，說：「Life is short（人生苦短），我陪你再逛逛吧，我坐最遲的火車回去。」如是者，那一天我們從早上 9 點走到下午 5 點。

　　我在 Instagram 有更詳細地分享這個故事，大家都笑說我一到埗就有艷遇。那三天的確是很夢幻、很快樂，是我頭一次用我不擅長的語言溝通那麼長時間，從一開始的戰戰兢兢，到最後的無比自然。對我來說，這並不單單是一場「艷遇」，因為在整段談話中，我們分享了很多對朋友、家人和伴侶相處的看法，好久沒有像這種不談工作、不談買樓、不談甚麼時候結婚的對話，只是單純分享對生活的想法，真誠說出心裡話。這三天兩夜的天，聊得很舒服、很自在。

　　一個星期很快就過去了，帶著依依不捨的心情，前往西班牙。

不做遊客！
體驗一日「倫敦富人」生活

【倫敦】
https://youtu.be/CkwQH3EULmc

3.5

巴塞隆拿：
幻想是美的
現實是殘酷的

　　在倫敦的頭一個星期這麼順利又愉快地度過了，根本沒有想過在巴塞隆拿的第一天會過得這麼慘。

　　抵達巴塞隆拿機場的一刻，在我眼前是一大堆西班牙文的指示牌，遇見的機場職員也好像帶著不太友善的眼神，我慌了，我恨自己沒有好好學好西班牙文才過來，我恨我的不自量力。順利登上了前往市區的巴士，來到西班牙廣場。「天啊，好！漂！亮！」我以為我會愛上這個城市，誰知道這個西班牙廣場，卻成為了我在巴塞隆拿一個很大的陰影。

　　因為航班延誤了，所以學校宿舍的接待人一直在電話裡問我甚麼時候到，這讓我的心特別急。到達西班牙廣場後，還要轉乘地鐵才能到宿舍。拿著 23 公斤的行李箱，我吃力地一步步搬下樓梯，走到一半，突然有一個男生說要幫我拿，然後他媽媽又用奇怪的眼神看著我，小聲的跟她兒子說話。我想起出發前看過西班牙旅遊的文章，很多人都說巴塞隆拿的治安不太好，一定要小心，所以我起了

聖家堂是很震撼，可惜沒有好好感受。

防備心，慌亂地從男生手上拿回行李箱。他媽媽看到這個情況，又不停地用我聽不懂的語言，嚴肅地跟他兒子說了一大堆話。經過這件奇怪的事，保住了行李，接著就遇到了一個對我影響深遠的「大壞人」。

遇上大壞蛋

　　我發現巴塞隆拿的地鐵不像倫敦的，只要入閘拍一拍信用卡就可以進去。這裡要買票，而且要用現金買票，最大接收的面值是 20 歐，我手上只有 50 歐，附近只有一家拉了一半閘的暗黑餐廳，沒有人可以替我換零錢。我只好拉著大行李跑去客務中心：職員說幫不了我，叫我問外面的職員，外面的職員也說幫不了我，叫我自己解決。

　　解決，怎樣解決？我更慌了！一方面害怕在地鐵上遇到小偷，另一方面又不知道怎麼辦。我站在售票機前不停嘗試各種方法買票，一直亂按，就在這個時候，一個男人向我走近，曾經有那麼一剎那我以為他想幫我，他緩緩地走過來，叫我給他錢，他要坐地鐵。我搖搖頭，他大叫一聲：「Stupid Fat Asian!（愚蠢肥胖的亞洲人）」然後狠狠地盯著我，我害怕到立馬拖著行李跑走。

　　那一刻，我好想放棄，我問自己：為甚麼我要來這裡！？我錯了，我後悔了！

　　冷靜下來後，我偷偷地走回去，躲在角落看看那個男人在不在，從 ATM 提了錢，順利地買到票，在入閘的一刻，我回頭看見那個男人回來了，而且向我走來，我急忙地入閘，而且還被自己的行李箱絆倒了，非常狼狽。

◎ Sitges, Spain 下火車的一刻，我已經愛上這裡了

放下戒心

　　因為這個不太好的開始，我對巴塞羅納起了很重的防備心。頭兩個星期我都沒有一個人出夜街，只是躲在學校宿舍裡看影片；每次出外我都會緊緊地抱著袋子，每隔幾分鐘檢查自己的錢包電話是否還在；在學校裡也沒有很積極地認識朋友，只是跟班裡幾個女生聊聊。

◎ Sitges, Spain 看到這個小島，甚麼煩惱都被治癒了

　　有一天我沒有上課，跑去了一個巴塞隆納的一個小市鎮錫切斯(Sitges) 散散心，這個地方很安靜、很舒服，不像市中心到處都是虎視眈眈的目光。在錫切斯待了一天，我好像整個人都容光煥發了，情況慢慢好轉，我終於敢一個人在黃昏時分走去海邊聽 Band Show，也跟班裡的同學漸漸建立了友誼。雖然跟我期待的「留學生活」有點差距，我總算平安度過了在西班牙的第一個月。即將離開巴塞的那幾天，我開始有點不捨，覺得自己被恐懼影響了心情，根本沒有好好享受這個舉世知名的旅遊城市。

◎ Sitges, Spain 我足足在這裡坐了一整個上午

慢活人生！
探索西班牙度假海邊小島
Sitges 錫切斯

【西班牙】
https://youtu.be/Ira2UHV7PDU

3.6

圖盧茲：
找到我的理想生活

　　「我會形容圖盧茲的美，就像一個 16 歲的少女，她有一張長得很精緻的面孔，舉手投足非常優雅、溫順，但她不會因為自己的美而變得驕縱，你也不會第一眼就為她迷之瘋狂，也沒有很多人吹捧她的美。但當你被她動人的面孔吸引的一刻，你會默默地產生愛意，而那種愛慕你只想放在心裡，靜靜回味。」— 豚長的旅遊日記

　　位於法國西南部的圖盧茲，最著名的是它有「空中巴士的故鄉」之稱，在這趟旅程以前，我從來沒有聽過這個地方。由於在巴塞的不愉快經歷，我決定離開西班牙一段時間，去南法找我在倫敦認識的韓國朋友。

在朋友介紹下，我認識了圖盧茲，我把它作為前往南法的中途點。沒想過一個無心插柳的決定，卻讓我體驗到心中的理想生活，打開了我想像中的歐洲之旅。

　　本來只打算在這裡留兩個晚上，所以我下重本訂了一家有廚房的酒店式住宅來住。到達的第一天我就病了，病到舉步艱難。面對一個美麗的新城市，到處都是粉紅和橙色的建築物，我卻不能走出家門，所以我最後決定，多留這裡幾天。頭幾天我只能到樓下超市買菜，然後回去煮飯，看 YouTube。在這裡，無論是酒店職員、藥房店員、菜市場的老闆，他們全部都對我非常友善，我總聽說法國人會冷漠對待不會說法文的外國人，可是我在這裡遇到的每個人都是非常友善的，這也讓我在感受到很大的溫暖，病也慢慢好了。

生活本該如此

在旅途中，我很喜歡留意一些家人的相處，每次看著他們的交流，我都會覺得很幸福，很滿足，忍不住從心底微笑。我的酒店有很大的窗，每天我都會坐在窗邊，聽著鳥聲，看著夕陽，播著音樂，靜靜地感受著。有一天晚上，我吃過晚餐後，又坐在窗邊望著天空，看到對面露台有一家人準備吃飯。他們應該是一家三口，爸爸、媽媽和兒子，那時候已經是晚上 9 點多了，天色昏暗，他們只開著露台的一盞小燈。我看到爸爸和兒子在一起預備飯桌，媽媽把飯菜捧出來，然後一家三口坐下來邊聊邊吃，既安靜，又暖心。

雖然我聽不到他們聊甚麼（就算聽得到也聽不明白），可是我覺得這個畫面好美好美。

記得我確診時日記寫的一句話嗎？「生活本該如此」無論是和家人還是朋友相聚，我們都習慣拿著手機吧？慢慢我們已經不習慣對話，分享彼此的生活，即使與好久不見的朋友見面，因為在社交媒體已經能了解對方的近況，所以一句「你最近怎麼樣？」已經變成門面說話，被問的一方努力的從最近的生活中想出最值得分享的事情。我有時也會這樣，朋友問我：「西班牙好玩嗎？」我笑說：「你沒有看我的影片嗎？」我們都漸漸喪失日常聊天的能力，所以這一幕家庭對話的畫面我印象非常深刻，也喚醒了我對一家人在一起過普通生活的嚮往。

圖盧茲是一個小小的城市，不會有一種「很多景點要逛」的緊張感。我每天的生活就是起床吃早餐、出去河邊逛逛、偶爾走進一些小小的教堂、去超市買菜煮飯，回家剪剪影片。我也感覺整個城市的人也是這樣生活著，我只是其中一個，並不懶散，也沒有浪費時光。每個星期天早上這裡有個手作市集，我很愛逛市集，因為覺得遇見的檔主都是懷抱著熱情和夢想生活的，就算手作創作不能為他們帶來很多收入，卻為他們帶來滿足感，每到週末就迫不急待地和眾人分享自己的作品，為自己的創作找到主人，用對興趣愛好的熱情，支撐起一個充滿動力的生活。

　　在這裡是我第一次親眼看到人們可以過著從容又簡單的生活，這是我嚮往的。

生病期間一大樂趣就是鑽研廚藝。

當地街市
食傳統法國菜 Cassoulet

【法國】
https://youtu.be/0JPyOcQhwlQ

3.7

南法：
親眼看見的 100 種人生

　　法國南部的蔚藍海岸，相信是不少人嚮往的地方。我第一眼看
到尼斯深藍色的天空，配上閃閃發光，看似沒有盡頭的大海，我難
以置信自己可以看到如此的美景，不過這趟旅程並不是我預計
中的。

◎ Nice, France

　　在倫敦的青旅，我認識了一
位住在法國尼斯的韓國女生，也
是我第一位認識的朋友，沒想到
當時只是嘴上說說的話：「如果
你來南法，你要來找我呀！」，
這句話一直埋藏在我心中，當我
在巴塞隆拿苦惱著下一個地方要
去哪裡的時候，腦海中就浮現了
這個地方，那就去吧！

　　南法是個度假感非常重的地
方，沒有一些「必去」的景點，
每天我都睡到中午，起床後穿上
拖鞋走路去海邊，看看帥哥打排球、在路邊喝喝啤酒、逛逛露天市
集。有一晚遇到了一位香港來獨遊的女生，我們相約吃晚飯，訴說
著獨遊的孤單，享受了一頓法國大餐，最後買了罐啤酒去海邊看月
亮......看著覺得很吸引吧？頭幾天感覺是很舒服的，但每天過著同樣
的生活，我不禁想：「這裡的人怎麼可以一直過這樣的生活？」

◎ Eze, France

生活的反思

　　我的韓國朋友和她住在尼斯的法國友人都是自由工作者，從事藝術創作，她邀請我到她們家吃飯，這是我頭一次去法國人的家，果然很有藝術感，家裡都是她的畫作。她為我煮了一頓韓國午餐，簡單又好吃，我吃了兩碗，非常滿足。吃過飯後，她朋友的朋友來前來探望，是個大帥哥。留意，這是一個平日的下午。我再次心裡有了疑問：「為甚麼我們的生活可以如此不一樣？到底他們是如何賺錢維生的？」

溫暖的韓國午餐

作為一個習慣為未來打算的都市人，小時候要為升讀大學舖路，向著拿取好成績的目標往前衝；終於進入職場了，希望一直向上爬，即使遇到了令人沮喪的人和事，會告訴自己：「一定要捱過去，至少一年、兩年，不然履歷就不好看了！」；工作幾年，開始適應了，就會存錢買房子，這樣才有安全感。這是一條「正常」的路，過去的日子我也跟著這條路走，可是當我一次又一次看到生活中不同的可能性，我猶豫了。

偶爾我會收到留言、私訊甚至朋友的關心，問我打算甚麼時候找工作啊？出去玩也要照顧父母，不要把錢花光了！為甚麼我可以一直出去玩啊？等等的疑問。也許大家都會覺得做 YouTuber 可以賺很多錢，的確很多有這樣的人，不過暫時我還不是。你可以想像，就是我把賺回來的都花在旅行上了，銀行戶口一直都沒有甚麼增長，可是每次我決定去一個地方旅行，我也覺得這是值得的。

畢加索曾居住的
隱世海邊小鎮 Antibes

【南法】
https://youtu.be/5cc3o9JZi-U

西班牙退休旅行團：
聽不懂的世界
更美好

　　一個人參加旅行團，跟一群完全不會英文的西班牙公公婆婆共處七天，在回程的巴士上，我默默落淚。

　　在巴塞隆拿學西班牙文的一個月，由於第一天的不愉快經歷，很多時間我都躲在學校宿舍裡，在床上看了無數 YouTube 和 Netflix，面對近在咫尺、宏偉震撼的高第建築，我卻一點去看的動力也沒有。有一天，我又躺在床上，拿著手機，心想：我不能再這樣子了！我要去一些讓我心靈感到平靜的地方，西班牙有大自然的美景嗎？當然有！

　　我在網絡上搜尋關鍵字「西班牙 大自然」，然後看到一篇文章寫說西班牙北部是「自然天堂」，很嘩眾取寵的文案，不過看到它配上的圖片，有被山脈圍繞的天空之鏡、像天涯海角的海邊城市、五彩繽紛的小漁村等等，這不就是我想看的嗎？巴塞隆拿有很多震撼的建築，比起人工建成的，我更喜歡天然的美景。

　　再仔細看看，原來寫這篇文章的是一家由華人在馬德里開的旅行社，代表我不能親身去報名，我猶豫了一下，擔心隨便在網絡上付錢，好像不太靠譜。

　　我不管了！我要脫離在這裡浪費光陰的生活，就算被騙了，也是 3 千多元，我豁出去了！在床上按下付款連結，參加了這個「西部牙北部 阿斯圖里亞斯」的七天旅行團。

認識老友記

　　從法國趕回來，凌晨 3 點多拖著我的大行李走到集合的火車站，有點興奮，有點緊張，比預定時間還早了 15 分鐘到達。當我四處找團友時，突然看到一大群比我更早來到的公公婆婆，精神爽利地用西班牙語交流著，場面有點像我跟媽媽以前去的「3 天 2 夜廣東旅行團」，退休人士很愛參加的那種，只不過全換成了西班牙長者。因為我在華人旅行社報名，一直跟我接洽的也是講中文的，所以我以為會遇到很多亞洲的面孔，後來我才知道原來他們就好像中介的角色，幾個小旅行社各自宣傳，然後把所有團友聚在一起。

　　當發現所有人都不會講英文，就連導遊也只能說很基本的單字，我並沒有任何負面的情緒，反而覺得很「搞笑」，我就這樣傻傻的參加了一個西班牙的退休人士旅行團。我的西班牙語只能維持非常有限的溝通，所有景點的解說我一個字也聽不懂，每天我要掌握的重點就是幾點集合。第一天，我們坐了整整十個小時的巴士，從繁華熱鬧的巴塞隆拿，到了一個山上的酒店，酒店對面是一個農場，所以每天早上一踏出酒店門口，就是陣陣的清草香，在這裡可以看到日出日落，可以看著山喝咖啡，可以住整整 6 個晚上......我好愛好愛好愛這個地方！我好開心！！！

　　旅行團是包三餐的，我們坐在一張長長的桌子上吃飯，每張桌子有 8 至 10 個人，都是一對對的公公婆婆，唯獨我坐的那張，有一個也是一個人來的婆婆，叫 Carmen。除此之外，還有一對母子，一個很新潮的媽媽，帶著她年輕的兒子一起，坐下後才發現，他是全場唯一一個可以講英文的男生！太！棒！了！他們三人，也成為了我這個團裡認識到最重要的人。

　　這個兒子只有 17 歲，可是看起來很成熟，很照顧媽媽，同時所有公公婆婆也好喜歡他，我形容他為「團寵」。每次從旅遊巴士下車，他都會走過來跟我說剛才導遊講的重點，有時候當導遊介紹景點時，他會站在我旁邊為我翻譯。他的媽媽也特別照顧我，即使她不會講英文，我的西班牙文也很爛，她每天都會用很慢很慢的速度跟我說簡單的句子，希望我可以慢慢進步。總是被安排坐我旁邊的 Carmen，也是一個很善良的人，認識幾天後，她開始拿著電話跟我分享生活照片，介紹她的孫女給我認識。

開心就好了

　　因為聽不懂的關係，我總是在觀察團友的一舉一動，希望能理解一點他們在聊甚麼。同桌的團友，還有一對特別有趣的夫婦，老公公總是在開玩笑，老婆婆就在一旁哈哈大笑，後來知道他們是彼此的初戀，我特別喜歡看他們的互動。

每天都看著他們互相照顧的背影，非常幸福！

我們總說很怕新年去見長輩，因為他們會問很多問題，也會說一些你不愛聽的話，甚麼時候結婚啊？結婚後住在哪裡啊？打算生幾個小朋友啊？工作升職了嗎？可是在這裡整整七天，我只聽懂他們因為一個橙笑了很久，我只看到 Carmen 每次去一個地方都會去糖果店或玩具店，買禮物給孫女，我只看到那個 17 歲的兒子怎樣照顧身邊的所有人，包括我，我還看到很多老伴在退休後如何牽著對方的手，一起看世界。

沒有了言語，我用我對世界的理解去看待面前發生的一切，所有都是美好的。

這也是證明了，你用甚麼眼光去看事情，就會得到甚麼。也許這一切都只是我的想像，不過......也沒有關係啊！自己開心就好。

小分享：

我在旅途尾聲重返倫敦，從完全聽不懂的葡萄牙文世界回到全都聽懂的英文世界，還在旅館中聽到熟悉的廣東話。印象很深的是我在最後一天遇到一對講廣東話的男女，男的不停用很兇的語氣跟女的說話，中間還夾雜了無數不禮貌的字眼，即使不是對著我說，我聽著也感覺不太舒服。我那刻就在想：果然聽不懂的世界最好。
（所以管好自己說的話也是很重要，努力學習中～）

返樸歸真的七天
參加「退休人士旅行團」

【西班牙北部】
https://youtu.be/qLJTpnbykoI

3.9

塞維亞：
不用擔心
適合的在等你

　　經過在法國和西班牙北部的經歷，我已經忘了在巴塞隆拿的不快，重新探索西班牙了！七月份的西班牙，好熱好熱！剛抵達塞維亞 (Sevilla) 的第一天，看到氣溫居然高達 43 度，然而高處未算高，離開的一天是 47 度。面對如此的高溫，大部分旅館的人都長時間躲在旅館裡，因為中午時分出去人會真的溶化，甚至有住在塞維亞的居民特別搬來這旅館一段時間，就是為了這裡的冷氣。

　　每天不到下午 4 點，我都很少走出去，還好這個旅館有很寬敞的公共空間，也有廚房。經過 7 天旅行團的洗禮，習慣了每天早上跟團友打招呼，每一頓飯都有人一起吃，來到塞維亞，又回復一個人的旅程，默默地感到有點寂寞。看到在公共空間裡好像大家都互相聊天，有一個男生好像跟每一個人都混得很熟，就是從來不跟我聊天，那一刻，自卑心又來了，感覺我就是一個沒有人想搭理的人。

　　生活還是要過，影片還是要剪，不管有沒有人跟我聊天，只要我坐在公共空間工作，我都會盡量跟每個走進來的人點點頭，釋出友好的善意。當我已經打算徹底放棄在這裡交朋友，我遇見了他。

World Friend's Day 的一天

　　他是一位來自阿根廷的男人（我現在想起他的臉都會感動想哭），有一天我又在剪片的時候，他就坐在我的斜對角，過了一段很長的時間，我們完全沒有交流，只有我偷偷看他在吃甚麼，他好像在

吃 Pizza，我也好想吃一口。工作完成後，我們終於對上眼了，他開始跟我聊天。阿根廷人的母語是西班牙語，是的，我又遇到了不太會講英文的人，我那非常有限的西班牙語又要派上用場了。交談期間，他知道我來自香港後，眼睛都亮了，原來他以前是行船的，四處漂泊時候，曾經交過一個香港的女朋友，更有趣的是，他剛好有把電話簿帶來旅行，電話簿上就有這位女生的地址，我看一看，真的是一個香港的地址。認識他，真覺得世間萬物真的冥冥中有安排。

　　大家不要誤會，他已經是幾個孩子的爸爸，所以這不是另一場艷遇，可是他的出現，對我來說比艷遇更重要。第一次聊完天的晚上，他邀請了我跟他在旅館認識的人一起食飯，有來自秘魯的溫柔男生，有來自西班牙的活潑藝術少女，他們主要都是用西班牙語溝通，我習慣了聽得懂盡量聽，聽不懂就坐在一旁笑笑。從那天開始，我們這四個人就經常待在一起，一起逛超市，晚上一起去散步。

參觀鬥牛場

"Sólo se vive una vez!" — 人生只活一次！

有一天我們在旅館吃完飯，大家都沒事做，我提出不如我們夜遊西班牙廣場吧！他們有點猶豫，我笑說：Sólo se vive una vez!，然後大家就一起在凌晨走出無人的街道，到達西班牙廣場，發現真的關門了，我又說：Sólo se vive una vez! 關門就關門，至少我們嘗試過！大家都哈哈大笑起來，在凌晨的塞維亞，我們一群無拘無束無目的的人在四處亂走，這一夜永遠記在我的心裡。

笑點低也很好

在這群人裡面，我跟那阿根廷的男人感情是最好的，因為我們最閒，也最愛逛大型超市 Mercadona。有一次，我跟他兩個人去 Mercadona，如果是平常的我，一定會覺得緊張，因為要跟語言不

Sólo se vive una vez!

旅館的留言板，找到我的名字嗎？

通的人單獨相處，始終有點害羞，但那次我們一路上盡力用僅餘的言語表達，你可以想像我會的西班牙文可能比 3 歲小孩還少，我們會用 5 分鐘來猜對方講一個字的意思，然後大家為大家的努力放聲大笑。

最後一天，他跟我說從第一天就覺得我跟其他人不一樣，感覺比較友善，所以他選擇跟我聊天 (我的理解是這樣，哈哈)。雖然一路上認識了不同的人，但他們是尤其特別的。因為在我開始猶豫自己是否一個異類，很難交朋友的時候，他們就出現了，而且相處起來如此舒服自然。那位西班牙的女生還說，她在這個旅館住了 6-7 次，這是第一次遇到這麼珍貴的友誼。想起我在葡萄牙也認識到一位女生，可是我卻花了很大力氣去裝成別人去迎合她，還一起去我不喜歡的夜店。

認識了他們，我可以肯定的告訴自己，有些事情不用強求，也不用擔心太多，因為適合的默默的在等待出現的最好時刻。

西班牙歷史最悠久的
鬥牛場＋西班牙廣場

【塞維亞】
https://youtu.be/xRk65dAWXZM

125

格拉納達：
由天堂到地獄，
又從地獄回到天堂

格拉納達（Granada）是一個
隨便拍都好看的地方，配上寧靜又
古色古香的城市魅力，我第一天就
喜歡上她了。

頂著 40 幾度的高溫在街上散
步，我遇到熱鬧歡樂的巡遊表演，
也看了一場免費又高質的街頭舞蹈
表演，回到位於山上的白色屋子
Airbnb，跟友善的屋主聊了一下天，回到房間，開著冷氣，那一天
我覺得自己好幸福。就在感到幸福的時候，突然收到屋主的短訊，
他感染了猴痘，不能再讓我住了，我要馬上搬走。聽到的一剎那，
身體感覺有點癢……本來我還在無限幻想我在這個屋子的天台看日落
和游泳，還可以偶爾煮煮飯，現在所有想像都告吹了，可是我卻異
常地冷靜。

首先我立刻從 Airbnb 找了另外一間屋，確認是不用跟屋主同
住的；通知本來約好要見面的台灣朋友，抱歉不能見面了；再想一
下我跟屋主有沒有密切的交流，因為我出很多汗，所以都聊天都站
得遠遠的……然後發現，好像剛安排的都已經安排好，可以繼續向前
走了。

以前的我在工作上每當遇到難題，我都會覺得世界末日來了，很煩、很擔心。即使有些事情已經解決了，或者是沒有方法解決的，我都會很苦惱，總是為自己增添了許多無形的壓力。我也不清楚旅行帶給我甚麼魔力，可能是我很多時候都生活得很平靜，沒有太多波瀾，因此有難得的困難或挫折時，我會讓自己繼續平靜。

　　就這樣，我離開了原本在山上的家，搬到位於市中心的新家。一打開門，嘩！好舒服、好寬敞的家，廚房還很大，我要每天在這裡煮飯吃！

　　我們永遠不知道高峰過後是否更高峰，也不知道低潮過後是否就一定會回到高點，還是跌得更低。可是有一點我是肯定的：平靜永遠是最舒服、最值得追求的狀態，也需要不斷練習的。

清晨的西班牙皇宮
全球 50 大最美城堡
阿爾罕布拉宮

【格拉納達】
https://youtu.be/bGyYl1pDixo

里斯本：
夢想成真有多夢幻？

　　雖然我把這次旅行稱為「夢想之旅」，但當我到達里斯本那天，我才真正感受到夢想成真是甚麼感覺。

　　在疫情期間不能出國，很多創作者都拍攝過「偽旅行」的題材，就是在香港偽裝成去了其他國家旅遊，例如吃吃 Omakase，去日本風格的咖啡店打打卡，想像自己在東京旅遊。我也不例外，拍了一次，也是唯一一次「偽旅行」，本著要拍就要拍點不同的心情，我選了一個自己比較好奇的地方，目的地是：葡萄牙首都里斯本 (Lisbon)。

　　為了這次拍攝，我很用心地做資料搜集，好好認識這個國家，並找出香港跟它的「共通點」，最後我挑了在路邊吃午餐、坐電車、

走斜坡，還有吃葡撻，拍成了兩集，當中還分享了很多葡萄牙的文化。拍攝的時候我絕對絕對沒有想過，一年之後，我真的在葡撻的發源地，吃到一口百年老店的葡撻，還乘搭了老城區阿爾法瑪 (Alfama) 的 28 號古董電車。

　　記得當一切從想像到真實呈現眼前的一刻，我真的默默閉上眼睛去感受，並特別拍了一集在

里斯本「來真的」，真正體驗一次偽旅行影片中的所有行程，去到葡撻店拍攝時，我還感動落淚了，而且是盡情地落淚！我們都把生活過得太順其自然了，吃到好吃的東西不會高呼「真開心！！！」，和朋友難得的相聚不會表達「今天很高興和你們度過這一天」，遇到美麗的風景不會說出「真棒！可以見到這樣的美景」。久而久之，對很多事情都麻木了。我明白不是每個人都像我一樣，習慣用言語或行為去表達自己的心情，可是大家都想想，到底是你沒有表達，還是根本沒有好好去感受，甚至不懂感受？

享受活在當下

以前壓力大，有很多負面的情緒，所以過份投入在裡面也不是很好。現在難得遇到愈來愈多美好的事物，我學習多多感受、多多表達，我想，這也是「活在當下」的一種吧。這次來到里斯本，我常常和自己說：真的！真的美夢成真了。夢並不是一個終點，而是開始，例如在香港買一套房子是你的夢，終於達到了，並不代表你的夢完成了，之後在這個房子如何快樂地生活著，這才是夢的重點吧？是一個可以一直延續的夢，多好。

　　現在我把更多更多的國家通通放進我的夢裡面了，甚麼時候去，是否真的能去，這些並不是重點，重點是在我如願以償的一刻會更加珍惜。有人覺得自己沒有夢，想不到自己想幹甚麼，上班和照顧家人已經佔據生命一大部分時間，說甚麼夢不夢的，我也經歷過這個階段。我們都把「夢」想得太認真了，它可以很遙遠、很難達成，同時也可以隨時做到；其實就是所有在你腦海出現過想做的，都能稱為夢 — 學跳舞、去台灣生活一個月、帶家人去山頂食飯、做幼稚園老師，把這些通通都放進夢了，生活頓時有了希望，有了方向。

「如果有夢 夢要夠瘋」－ 五月天《鹹魚》

坐 28 號百年電車、食葡撻、
舊城區 Alfama、著名海鮮飯 UMA

【里斯本】
https://youtu.be/Z4KnvpK1hhE

3.12

「真佩服你可以住青旅！」

　　我在影片當中，經常都會介紹我住的青年旅館，當然主要原因是便宜，住一晚酒店的錢足夠我住 3-5 天青旅，也代表我可以在這城市多探索幾天了！有人說：「真佩服你可以住青旅！」也有人說：「如果你可以有多點錢住酒店，你還會住青旅嗎？」原來在很多人心目中，住青旅是一件不好的事情。關於青旅，的確我有很多小故事可以分享：

　　剛到達倫敦的時候，我住進了一家超棒的青旅，裝修充滿英國古堡的風格，有一個很華麗的公共空間，洗手間很乾淨，房間又大又寬躺，最重要是小小的廚房讓人每次都有認識新朋友的話題：「This kitchen is really small, isn't it?（這廚房真小，對嗎?）」......可是在我住的第五個晚上，被要求換房間後，我對它的想法完全改變了！

　　我從 8 人女生房，被換成 12 人男女房，從雙層床換成三層床，我睡在最上面一層。一進房間已經聞到一陣難聞的氣味，反正我就住一晚，忍一忍就過去了。我在青旅的床很快入睡 (因為身邊有人陪伴，不會害怕)，那一晚睡到凌晨三、四點的時候，突然有職員走進來房間把一些人吵醒，輕聲地問了他們問題，然後把一些人趕走，又把一些人安排住進來。就這樣，我帶著疑問和一點點恐懼，把手機抱得緊緊地繼續入睡。到了大概早上 6 點的時候，我突然聽到一個剛回來的男人大叫：「Why are you in my bed?（為甚麼你在我床上?）」然後原本睡在他床上的人，居然沒有回應，默默地收拾他無數個「膠袋行李」，離開了房間。那一刻我恍然大悟，應該是

有無家者偷偷闖進來，找到沒有人睡的床睡覺，而根據職員處理的態度，我想應該不是第一次了。

又是三層床的經歷

另外一次讓我完全不敢睡覺的經歷，同樣發生在倫敦。常聽說住火車站附近的旅館是最不安全的，因為遊客多，品流會比較複雜，而且很多都是路經一個晚上來住的，來得快去得快，做犯法的事情也逃的快。這次我住在 Victoria Station 附近的一家青旅，一打開門發現又是我比較不喜歡的三層床（畢竟有陰影），我被安排住在最上層。鎖好財物後我爬上床，睡在最下層的一位年長女士說了一句：「I hope the bed will not collapse（希望床不會倒下來）」。我還以為她在開玩笑，在幽默，所以笑著回了一句：「Don't worry, I will fix it if it does.（不用擔心，倒下來我會把它修好）」坐回床上後，我想了一下，她應該不是帶著善意說這句話的。

當我帶著有點不滿的心情準備睡覺，突然聽到那位女士在「求救」，說她想洗澡，不過起不來，要人扶起來，還需要人幫她洗澡。她拍了幾下中層的床，叫中層床的墨西哥女生起床幫她。一開始那位女生也是抱著友善的態度，可是經過女士的多次怪責，怪她不借洗頭水，不借零錢，還不願意幫她洗澡，女生就決定不回應了。誰知道那位女士不斷罵她，而且是用很重的話。想像一下，就像童話故事裡面的壞人，就跟你住在同一個房間，你會怎麼做？那

一晚她每隔一個小時就罵人，我不敢想像她會做出甚麼事情，房間裡面每一個人都很害怕，尤其是中層床那位女生。我當時一直不敢睡著，把新一季的 Emily in Paris 一口氣看完。到了快天亮的時候，那位女士離開了，過了一會兒就聽到她跟一群男人吵架的聲音，然後就再沒有回來了。

第二天早上，每個人都起床了，大家都為昨晚的事件議論紛紛，有點像是逃出生天的感覺。雖然很驚慌，但回想起也是……蠻有趣的。

看完以上兩個故事，是否更加覺得住青旅很可怕？其實以上的事件只是很例外的，大多數住青旅會遇到很友善的人，聽到很有趣的故事，大家一起煮飯吃，一起相約出去逛逛……這些全部都不是住酒店能經歷的。去旅行，特別是像我一樣喜歡探索新事物的，不就是期待著在旅途上能遇到各種難忘的事嗎？我可以在 70 歲的時候跟孫仔說：「當年我去倫敦，就遇到這個奇怪的人……」這故事應該會比在酒店吃到好吃的自助餐更深刻吧？

當然我不是說住酒店不好喔！有時候我住了一段時間青旅，就會挑一些酒店來住住，在完全屬於自己的空間好好放鬆，在雙人大床滾來滾去。重點是，我可以做到能屈能伸！在預算有限的情況下，在青旅可以好好休息；偶爾豪爽一下住酒店的時候，也會盡情享受。這也是我欣賞自己的一個地方！

3.13

波爾圖：
輕裝上陣

你能想像背上揹著 10 公斤，手上拉著 32 公斤，不斷轉換地方有多累嗎？

非常累！

出發的時候，香港疫情算是比較嚴重的，有四份一個行李箱都是放滿了防疫用品，本來以為隨著防疫用品的使用，行李會愈來愈輕，誰知道到了第二個月，行李已經重達 32 公斤了。那時我每天都怪責著行李的生產商，大行李箱根本不是用來旅行的！我那麼大隻已經拿得那麼痛苦，那麼弱質纖纖的小女生怎麼辦？

我提醒自己，下次旅行我一定不會帶大行李！

抵達葡萄牙波爾圖 (Porto) 時，首先我拉了一段 8 分鐘路程的大斜坡，發現整個城市都一直是斜路，找到旅館後，職員跟我說我住 3 樓，而這裡是沒有電梯的。我瞬間呆了，搬了半天的箱子，我的手已經快斷了，就算我不是弱不禁風的女子，也再沒有力氣搬。我想了一想，問他：「我可以把箱子放在這裡嗎？我只需拿裡面一點東西。」

接著在完全不再需要打開箱子的情況下，在波爾圖生活了九天。那時候才發現，我整個旅程拖住的重擔，其實是不需要的，裡面有幾套以為會穿的漂亮裙子、3 個不會用的布袋、2 套防疫衣、

波爾圖很美，卻很斜，哈哈

我也不知道為甚麼東西會愈來愈多，連箱子都不夠裝，新買的袋子也裝得滿滿的。

就是這條樓梯！我住 3 樓！

10 幾套快速測試包、風筒、拖把⋯⋯原來我帶了很多東西都只是為了滿足我的安全感。

　　最近兩次旅行我都是帶著最小的行李箱，而且是不寄艙的，我要把一切物件控制到 7 公斤，既可節省幾百元行李費，隨時坐飛機轉換城市都容易。我發現需顧及的東西變少，整個人身心都變得很輕盈。現在甚至我 7 公斤的行李裡面，都還有一些東西可以拿走的。

歐遊尾聲
偶遇葡國版「平民飯堂」
好味又飽肚

【葡萄牙】
https://youtu.be/Ang994Y23ho

3.14

泰國：

那消失的 14 天

足足 3 個月的歐洲之旅，說實在的，我已經累了，想家了，想回香港了。在葡萄牙的波爾圖度過美好的一個星期，我再次回到倫敦，這個旅程的起點，準備飛去泰國。

為甚麼是泰國？因為當時還有隔離令，回到香港也是要住在酒店，一個星期的酒店費用足夠讓我在泰國住一個月了，所以我挑了這個比較靠近香港，而且生活水平比較低的國家住一個月，計劃隔離令一取消，我立刻飛回香港。誰想得到，我會有這樣的經歷。

這次在泰國我選了一個比較遠離市區的 Airbnb，幻想中是每天煮煮飯、剪剪片，好像當時在法國一樣，過着悠閒的生活。房子的確是不錯的，很大很舒適，可是第一個問題出現了，我連續 9 天睡不著覺，每天都是到了天光 6 點才睡得著。從一開始以為是 Jetlag，到後面我開始自己嚇自己了，再加上我在 Instagram 分享我一個人在泰國的時候，很多觀眾都問，難道你不怕嗎？本來不怕，每天都收到這樣的問題時，我開始怕了。可能是心理影響身體，我又開始生病了。生病，然後每天睡不著，你能想像更差的情況嗎？……真的有喔！

心病還需心藥醫

我在泰國的時候是 2022 年 8 月，剛好是爆出緬甸電訊詐騙事件的時期，我每天都會收到很多來自朋友或觀眾的關心，提議我趕

快離開泰國，每天打開手機就會看到各種新聞，說很多香港人都被困住了，甚至還有報導說會在泰國抓人去緬甸的園區。生病、失眠、擔心，各種情況讓我陷入一個很差的狀態。我做了一個決定，我要從網絡世界消失，我想一個人靜靜，刪了 Instagram，取消所有新聞的通知，斷絕和外界的接觸，甚至連 WhatsApp 都盡量不看。

在失眠的第 8 個清晨，我決定了放棄這個房子的預訂，要搬出去市區的酒店，希望情況會有改善。非常感恩，搬去酒店的第一個晚上，我就順利睡得著了，生病的情況也跟隨著有好轉。身體的病治好了，還有心病要處理。由於身心俱疲，在曼谷我連夜市都只去了一次，平常就是吃樓下的酒店自助餐，下午 3 點多餓了，就坐電單車去吃水門雞飯，然後在旁邊的 Central World 閒逛。那時候我逛到已經能背出店舖的位置，而我每次去那裡，都一定會去書店看書，因此遇到了一本意義重大的書，是關於斷捨離的。

斷捨離這個概念，不止是套用在收拾房子上，也能應用在生活各個方面，包括心靈上的斷捨離。在書店裡我隨意打開一頁，剛好提到關於社交媒體的斷捨離，文章提及社交媒體是一個很危險的地方，很容易讓人產生一些不必要的負面情緒，最貼身的例子，就是比較，例如你看到身邊好像每個人都去旅行，而自己卻在公司加班，或者你看到某小學同學結婚了，自己卻單身一人。而我，當時每天看到讓自己恐懼的訊息，而且這些恐懼是不必要的。我決定先

來個 Instagram 斷捨離，才發現自己每天接受太多太多不必要的資訊，我每取消一個人的追蹤，就發現自己過往讓自己接觸那麼多不會對自己有正面影響的東西。最後留下的，都是我愛看的，看了會開心的，會舒服的。書裡面說得很好，你的 Instagram Feed 是你的世界，為甚麼要容許不好的東西存在？

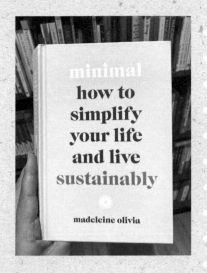

物慾斷捨離

　　除了社交媒體的斷捨離，我那段時間物慾變得非常非常的低，像我在 Central World 這樣每天逛，我帶走的只有兩本書，還有一對上面印了笑哈哈的餐具。我在影片中經常都提及，當你的慾望愈低，生活就愈簡單，愈容易滿足。其實這個想法主要是從泰國生活的時候建立的，你在恰圖恰市集看到那麼多精美的衣物和小物件，總是想全部都擁有，最後買不到，就覺得總欠些甚麼，得不到滿足。我以前是個去旅行很喜歡買紀念品的人，現在我去旅行十天、兩個星期，可能買的東西只是一小個紙袋就能裝下的。

　　以上的改變，我會用變得「清心寡慾」來形容，可以延伸去很多地方的，例如對不健康的關係灑脫放手，對令人動怒的事情平靜

處理等等。很神奇的是，我有一位女生朋友跟我經歷的差不多，也是歐遊一段時間，然後在泰國生活一個月，她的想法跟我不謀而合，那時候她發了一張網絡照片解說她的狀態，上面寫說：

「我現在的狀態就是遠離世間一切爭吵
即使你說 1+1 等於 5
你也是對的，不客氣」

我看見後哈哈大笑了很久（現在寫出來還在笑）。

雖然回到香港後又有點回到以前的狀態，但我感覺自己已經慢慢的改變了......

康復之後，第一件事就是參加了這個農場體驗

曼谷另類體驗
當一天椰子農場小幫手
住傳統泰國木屋

【泰國】
https://youtu.be/49Cqu7fggp8

Chapter 4

豚長

2.0來了

4.1

我真的成為了一個
數位遊牧者
(Digital Nomad)

☺ Joeyful Joey ⋯

♡ Q ➢   🔖

Joeyful Joey 好喜歡現在的生活

一定要努力把這份幸福延續

◎ Hong Kong International Airport

　　終於回到香港了！過去的幾個月，雖然有在工作，但總覺得自己就是去了一個比較長的旅行。回來的時候，好像回到現實世界，心裡開始產生各種擔憂：我是否要找工作了？不再旅遊的豚長，大家還想看嗎？沒有了旅遊影片，我還能從 YouTube 得到收入嗎？

　　以上的問題沒有人可以給我答案，我能控制的，就是繼續努力拍影片。大半年沒有在香港拍片，感覺生疏了，想不到題材，也有點不適應在別人聽的懂我說話的環境下拍片。回到香港足足兩個多月，一條外景拍攝的影片都沒有，只有在工作室拍的。沒有拍片，也沒有很多影片要剪，空閒的時間多了，可是我一點都不享受，一點生產力都沒有，我不喜歡這個自己。

　　就在這個迷惘的時刻，我朋友說：我們去日本吧！

　　我想了一下，也不知道想甚麼？因為以前要決定去旅行，總是要考慮工作能否安排好，上司會不會批假，同事是不是也要放假等等各種因素。現在我也沒甚麼要想的，那就去吧！一個星期後我拉著行李箱，抵達東京機場，那一刻終於感覺到，我真的成為了一個能說走說走的 Digital Nomad 了！

旅居工作者

　　很多關於 Digital Nomad 的報導或文章都是很美好的，可以不受地域限制，邊旅遊邊工作，早上用電腦，下午去滑浪……同時也有很多做過這份「工作」的人，分享他們放棄的原因，也有很多人會說「這不是你想像中快樂」。

　　老土說一句，所有工作都不會是完美的，有好自然有壞，在乎你如何看待事情。我試過身在捷克卻全日只留在旅館剪片，也試過旅行途中連續三天沒有拍片也沒有剪片，只能說，這一切我都非常享受！我喜歡拍片，也喜歡剪片，喜歡由自己分配時間，只是討厭上字幕，每當我發現自己真的在過數位遊牧的生活，我都充滿感恩。

　　踏進 2021 年的時候，我買了一本由 Lonely Planet 出版的書籍 《The Digital Nomad Handbook》，當作為自己送上的祝福，2 年後，我真的做到了！

可怕的冬日歐洲之旅

　　從日本回來不久，我就決定要在年底之前再去一趟歐洲，因為德國的聖誕市集是我一直很想去的地方，幾年前已經說跟朋友一起去，可是每一年都有去不了的原因。今年，我不想再拖了！

　　今趟旅程比上次短，因為想趕在新年前回家過年，所以我計劃主要去東歐國家，包括捷克、匈牙利和德國，每個城市只留幾天，體驗一下不同國家的聖誕市集。起點同樣是倫敦，之後去一趟西班牙馬德里，就開始東歐之旅。誰又會想到，已經對旅遊訓練有素的我，卻面對困難重重的考驗。

◎ Prague, Czech Republic

◎ Prague, Czech Republic

　　因為不敵歐洲的寒冷天氣，我差不多每換一個城市的頭一兩天都感冒，要留在旅館休息。除此之外，我發現冬天在歐洲的旅遊氣氛跟夏天完全不同，夏天的時候到處都是背包客，在每個旅館都會認識到新朋友，而冬天呢？我還記得我第一天到達馬德里的青年旅館時，房間一個人都沒有，這是我從來沒有試過的。再仔細觀察，街上的節日氣氛非常濃厚，真的就好像我們過新年一樣，每個家庭都會聚在一起，一家人享受個短旅行，然後在聖誕節前回家歡度佳節。在出發之前，已經有人跟我說歐洲的聖誕節期間很多店都不開，每個人都在家裡慶祝，我還想：那沒問題呀，我就躲在青旅和其他的住客一起過聖誕啊！

收聲啦無膽鬼

　　在這本書前面的章節，每當我遇見不好的事情，我也能往好的方向去想，調整好心態重新出發，享受著旅行帶給我的快樂。可是這次不瞞你說，我整個旅程都調整不了，就連我本來很期待的德國聖誕市集，我差一點沒有去。因為我在捷克的華麗酒店，很興奮地從浴缸走出來的時候，不小心扭到腳了。我永遠記得那個裸體的自己，右腳劇痛地躺在冷冰冰的地板上，卻沒有人可以幫我，我能靠的只有自己。我望著天花板跟自己說：「Joey，頂住！無事嫁，頂住！」連我自己都覺得我很堅強。

　　這次扭傷並不是休息一兩天就能正常走路那種，我本來只在這家華麗酒店訂了一個晚上，第二天就要搬到路程 15 分鐘的青旅，可是我連路都走不了，再加上下雪，而捷克的路本來就是難行的石仔路，你說我該如何做才好。硬著頭皮，再住兩天吧！（酒店費用足夠我在青旅住一個星期了。）

　　在捷克的最後一天，我忍受著腳痛，小心翼翼地去了離布拉格只需一個多小時車程的德國城市德勒斯登 (Dresden)。訂票那天我真的很猶豫，我應該去嗎？我的腿傷會變得更嚴重嗎？我能應付走一天的路嗎？「收聲啦，無膽鬼！」我不想帶著遺憾離開，最後我也很開心自己做了這個決定，因為德國的聖誕市集真的是頂級。

© Dresden, Germany

又上了人生一課嚕

　　的確到離開的一天，我的心情也只是勉強振作起來，我無數次問自己：「這次來是不是太任性了？我是不是不該來？」我的答案是，如果的一直不嘗試，一切都只會想空想，即使我沒有出發，留在香港的我也只會心掛掛，所以我不後悔自己的決定。我第一次感受到零下的天氣、第一次看見下雪、第一次自己勇敢面對受傷，第一次去最美的德國市集，還有甚麼需要後悔呢？

　　我相信自己還會在冬天的時候再去歐洲。這一次，我希望有同伴一起感受美麗的雪景，一起分享聖誕市集的美食，一起分擔酒店的費用。最重要的，我一定會好好實行「洋蔥式穿搭」，做好保暖，不要讓自己再著涼了。

4.3

關於減肥

　　對我有一定認識的觀眾可能會有疑問，為甚麼整本書我都沒有提及過有關減肥的看法，畢竟我的名字「豚長」，是源於「減肥旅行豚」的。沒錯，因為「減肥」這個想法從來沒有出現在我的旅程中，相比起在香港天天都想減肥，這個對比是很有趣的。希望大家可以先放下「減肥是為了健康」和「不減肥只是給藉口自己」這兩個想法，先聽聽我以下的分享。

　　當我知道西班牙錫切斯 (Sitges) 有個天體沙灘時，我本來是想去大開眼界的，結果去到沙灘，的確很多沒有穿衣服的人在曬太陽，但整個氛圍就是大家各自各享受；沒有人會留意你有幾層肚腩，大髀上有多少橙皮紋，腋下有沒有剃毛。在這個環境下，我忍不住把衣服脫了，舖在沙上，好好享受一下自在地曬太陽。我還笑說：「我胳肋底應該是第一次曬太陽。」

　　在南法的小鎮昂蒂布 (Antibes)，我再次突然有了想跳進海游泳的想法，因為那邊有很美很美的海，還可以在岸邊清晰地看見水底的石頭。我身上完全沒有準備毛巾或泳衣，所以我把外套脫了當毛

◎ Antibes, France

◎ Antibes, France

巾，把內衣褲當泳衣，就這樣一個人跳進水裡。離開的時候，我身上就只穿著一件 T 恤和短褲，因為其他全都濕了。我就這樣去看日落，去坐火車，完全沒有人發現（至少我從他們的眼光我感受不到）。

因為豁達所以快樂

在西班牙的格拉納達 (Granada) 的時候，剛剛遇上下午會非常炎熱的天氣。有一天，我真的受不了，熱到把外套脫了，露出一雙「肥美手臂」，走在街上，突然覺得夏天穿背心是如此涼快。因此，我愈穿愈少，這是我頭一次感受熱的時候可以穿背心。媽媽從 FaceTime 看到我穿那麼少，笑說：「肥肉都走哂出嚟」，我說：「這裡沒有人管我穿甚麼」我根本不用拿出甚麼勇氣，更不用「不理別人的目光」，因為根本就沒有目光。

熱了脫衣服，曬太陽穿泳衣，衣服濕了脫下來，這三個聽起來就是普通到不行的行為，我居然用了 500 字去描述。是的，以上三個行為在我以往的日常生活裡，從來沒有發生過；因為我在意別人的目光。

對的，減肥是為了健康，不減肥的原因也許都是藉口。如果，令我覺得有需要減肥的原因，單單只是為了健康，而不是源於別人的目光，甚至評價，那該多好。

© Granada, Spain

4.4

人不會永遠都快樂的

很多觀眾都說喜歡我很樂觀，很正面，帶給他們很多正能量。每次看到這樣的留言，我都感到非常窩心，因為不是每個人都願意常常表達對別人的讚美，我很慶幸有你們。

我是快樂的人嗎？

在巴塞隆拿被路人罵的時候，我強忍住不開心的情緒；
在圖魯茲生病的時候，我低落到以為旅程要完結了；
在格拉納達感到寂寞的時候，我對著鏡頭強忍淚水；
在倫敦機場遺失行李的時候，聽到媽媽說沒事的時候，我的眼淚終於止不住了⋯⋯

就在寫文章的此刻，我也是很不快樂的。

每次遇到不開心的情緒，我會告訴自己：「沒事，很快會過去的。」

然後我會讓自己盡情沉浸在傷痛的情緒，聽傷心的歌，看會讓人流淚的電影，把自己的頭埋在枕頭裡，把自己塞在床的角落裡。因為每個人都會有傷心的時候，俗語不是有說嗎？人生不可能是一帆風順的。

曾經有個觀眾朋友知道我難過的時候，傳了一張圖給我，是一

不開心的時候就到海邊走走吧！

張心電圖，那條線有高點，有低點，最後是一條直線。她說，人生就是這樣高高低低的，如果是一條直線，證明你已失去生命了。

Inside Out

對的，我常常有快樂的時候，當然也有不快樂的時候啊！因此，我不會趕走傷心的情緒，同時我們更應該在快樂的時候盡情高呼：我好開心！！！！！這樣才公平嘛。

還有一種失落，是你想不到原因的，總之就是突然情緒很差，看甚麼都不順眼，做甚麼都感覺自己好倒楣，我把它稱之為「莫名的失落」，這種情緒特別討厭，也特別容易出現在女生身上（而且是每個月一次，哈哈）。以前我不為意，會為此做出很多傻事，例如在社交平台放負，然後沒有人關心，心情更差，或者是剛好朋友找你的時候，你因為對方的訊息沒有打笑笑的 Emoji，怪他說話怎麼這麼冷漠，然後就吵架了，還冷戰了！自從經歷了過去大半年的獨遊，多了很多獨處的時間，了解自己的時間，我終於發現這「莫名的失落」只是暫時性的，當你覺得不對勁的時候，就忍住自己的嘴巴，千萬不要因此說出傷害別人的說話，很快就會過去的了。

心情不會自己好起來的，我的方法是擺爛幾天後，就要讓自己振作起來，看書、約朋友食飯、到離島走走……寫著寫著，我又開心起來了呢！

4.5

不害羞的時候最好看

高比拜仁的書《The Mamba Mentality: How I Play》上面他寫說:「當我想把一樣新的技巧應用在我的籃球比賽上,我會立刻行動,我不會擔心錯失,看起來很糟糕,或者表現尷尬,因為我只專注在把事做好,我要嘗試才會得到這個新技巧,當我學到了,我又可以運用在球場上。」

偶爾我會收到一些想當 YouTuber,或者已經開始有拍 YouTube 的觀眾朋友問我:「為甚麼你在鏡頭面前可以表現得那麼自然?你不會在意別人的眼光嗎?」我回想了一下,曾經我也經歷過表現害羞的時期,不過當我拍了影大約半年左右,我發現每次當我按下錄影鍵,我眼睛只看到相機和眼前的美食,旁邊的所有東西都彷彿一下子消失,我會進入一個「無人之境」。

看到高比拜仁的文字後我明白到,原來當你遇上喜歡的東西,不顧一切地為它努力時,不要表現害羞、尷尬或不自信,你就豁出去做。漸漸地,你會看見那個你也喜歡的自己。

專注做好的事

還記得我在西班牙塞維亞的青年旅館,有一個男生,他好像跟每個人都聊天,可是就只是不跟我聊嗎?在一個深夜的晚上,大概凌晨 1 點吧,我坐在公共空間的角落靜靜地剪片,那時候已經沒有甚麼人了,他終於、終於走過來了。他的第一句話是:「我一直有

留意你，你是拍旅遊影片的嗎？」後來他說，有時候我就坐在房間的正中央，很專注地對著螢幕，所以不敢打擾我。他說：「有時候看見你的電腦就是你的樣子，每個人經過都能看到，你卻一點都不會感覺害羞，就是很專注地做，這點我很佩服。」我的第一個反應是暗爽，哈哈，原來我一直在默默關注你的時候，你也在默默關注我！第二個反應是，原來我會給人這個感覺！

有時候要做一些不熟悉的事情時，我們會緊張，會擔心效果不好，最後就是因為這份擔心，令結果真的不好。因此，現在要接受一些新的挑戰時，我會跟自己說：「不要緊張！緊張只會讓事情變糟！」

衝破所有給自己的限制，找到那個在舞台上閃閃發光的你。

有時候我覺得
自己不屬於這個世界

結束了冬天的歐洲之旅，我決定好好休息一下，留在香港，拍一些我想記錄的香港回憶。

我十分享受躲在工作室的時光，雖然只是一個 100 尺小小的空間，我也好喜歡這個夢想的起點。這是經常出現的工作日常：中午肚子餓了，叫個外賣，邊看影片邊吃 > 吃完了，休息一下，看看手機 > 看到沒甚麼好看了，打開電腦，剪剪影片 > 肚子又餓了，又叫個外賣。看著垃圾桶旁邊有兩袋外賣，再看看外面已經黑了的天空，我會想：又一天了，大家今天過得如何？

以前未做全職創作者之前，都會想像他們每天的生活多姿多彩，時間完全由自己控制。當我可以體驗這樣的生活，原來會如此的不適應。相比夏天那次回港的時候，我已經沒有過得那麼頹廢了，至少我出去拍片和剪片的時候多了。可是慢慢還是會想，現在已經不像以前一樣，中午和同事吃飯，聽聽她假期過得如何；看到有趣的新聞，跟旁邊的同事分享；下班後約朋友去吃飯，聊聊工作上的吐糟。

現在的我，大概有 9 成時間都是自己一個，打開社交媒體，看見大家的生活，我好像知道大家在做甚麼，同時也不知道大家在做甚麼。那種感覺連言語都表達不了，在外地的時候想念香港的一切，回到香港我又自己過生活，好像我不屬於這個世界，任何一個世界。

享受一個人

做上班族的時候，不想午飯時間聊八卦，或者聊工作，所以常常自己一個人吃飯。到了成為創作者之後，卻懷念以前身邊有同事的時光；在國外每天吃肉吃薯仔，又懷念在香港可以吃飯吃菜；在感受冬日歐洲時，又嫌棄著寒冷的天氣，懷念香港溫暖的冬天。

面對這些情況，我都會跟自己說：千萬、千萬不要「坐這山、望那山」。

跟朋友深入探討這個問題後，她們給了我很好的建議，不要經常原地打轉，要找回當初開始的初心，然後向著它向前衝，讓自己放鬆的時候，也要帶著衝勁地生活。我開始建立每天的生活規律，每天都要有三個元素：學習、創作和運動。我終於再次找回和世界的連繫了！

非常感謝願意聆聽我的困擾，並用心為我設想、幫助我解決問題的朋友。

[▶ 後記]

一年時間，對一個人的改變會有多大

　　在職場的日子，總覺得時間過得很快。因為遇上難捱的 Peak Season，想時間能快轉到項目完成的一天；因為難得可以放假去完旅行散心，回來後又要面對堆積如山的工作，想時間能快轉到下一個假期。

　　「又到了一周一度的放負日，今早發現自己走路都沒有表情，由昨晚就開始沒心情。」

　　「又一個身不由己的星期一，當你已經找到喜歡的事情，一星期七天裡卻有足足五天，要困在不屬於自己的世界，這種拉扯真的很痛苦。」

　　「完全不想睡覺，一睡醒就要面對明天，很討厭，整個人完全沒有動力，好辛苦好辛苦，好想結束這一切」

　　以上是一年前真實出現在我的日記裡的文字，以前我會在 Instagram 裡放負，但兜兜轉轉過了幾年都是同樣的情緒，連我自己都不好意思打擾我的朋友去看了，所以我開了一個秘密電子日記，一想放負就會打開這個 Instagram，把所有負能量放進去。一年之後，為了分享以上的文字重新登入這個帳戶，我連帳戶名稱都試了幾次才成功登入。最後一篇帖子是：

　　「開始新生活，感恩有過個新開始，彭彭，做得好！」

是的，因為我給了自己新的生活。

一年之內

我有了一個新的身份；

踏足了十多個未曾去過的城市；

重了幾十磅，回到體重的高峰；

從電磁爐解鎖都不會，到現在可以教別人用；

從說句英文都要鼓起勇氣，到現在可以隨時轉換中文、英文和西班牙文；

從一星期跟媽媽說話不足 10 句，到現在旅行時連買樣食物都會 FaceTime 和她分享……

一年的改變可以有很多，而我最珍惜的改變，就是我到達了「心境開朗」的狀態。

心境開朗，就是看到好吃的，會想跟媽媽分享；

心境開朗，就是遇到不開心的事，最多維持兩天；

心境開朗，就是每周去朋友家打邊爐，會覺得好開心；

心境開朗，就是我淋完一晚的雨，回旅館寫書到凌晨三點，一大早起來，去到火車站發現要乾等 5 小時，坐在不太舒服的 Food Court 繼續寫，而現在的我還是笑笑口的。

當初頻道叫做「Joeyful Joey」，希望可以除了 Joyful（喜樂）以外，還是一種有 Joey 個人風格的喜樂。成立頻道三年，這個字終於有點意義了！

祝大家生活愉快 "Be Joeyful"！

匯聚光芒，燃點夢想！

《快樂豚長旅獨遊記》

系　　列：旅遊 / 心靈勵志
作　　者：豚長 Joey
出 版 人：Raymond
責任編輯：歐陽有男
封面設計：Hinggo
內文設計：Hinggo@BasicDesign
插　　圖：Hinggo、豚長 Joey
出　　版：火柴頭工作室有限公司 Match Media Ltd.
電　　郵：info @ matchmediahk.com
發　　行：泛華發行代理有限公司
　　　　　九龍將軍澳工業邨駿昌街 7 號 2 樓
承　　印：新藝域印刷製作有限公司
　　　　　香港柴灣吉勝街 45 號勝景工業大廈 4 字樓 A 室
出版日期：2023 年 6 月初版
定　　價：HK$138
國際書號：978-988-75826-8-7
建議上架：旅遊 / 勵志小品 / 生活小品